KB003807

그날의 영화

그날의 영화

- 롱 테이크 인 베를린

글|사진 이동준

gasse•가쎄

차례

그날의 영화
- 롱 테이크 인 베를린

초판 1쇄 발행 2023년 8월 15일

글|사진 이동준
펴낸곳 도서출판 가쎄 [제 302-2005-00062호]
주소 서울 용산구 이촌로 224, 609
전화 070. 7553. 1783 / 팩스 02. 749. 6911
인쇄 정민문화사

ISBN 979-11-91192-89-6 03810

값 18,800원

홈페이지 www.gasse.co.kr
대표메일 berlin@gasse.co.kr

그날의 영화

Intro

친구는 오지 않았다.

초등학교 저학년 어린아이가 무슨 용기로 영화관에 친구와 단둘이 갈 생각을 했는지 모르겠다.

두 아이는 경동 사거리에 있는 애관극장 앞에서 만나기로 했고 영화가 시작될 때까지도 친구는 나타나지 않았다. 결국 친구를 포기한 아이는 매표소 창구가 보이지 않아서 발꿈치를 치켜들고 간신히 표 한 장을 샀다.

이미 영화가 시작된 극장 안으로 육중한 문을 간신히 밀고 들어서자 캄캄한 공간에 수백 개의 뒤통수가 실루엣처럼 보였다. 그리고 저만치 앞에는 텔레비전을 수백 개 합쳐 놓은 것보다 더 커다란 직사각형의 화면이 펼쳐져 있었다.

아이는 그 어둠 속에서 어떻게 빈자리를 찾아 앉았을까.

아마도 태어나서 처음 보는 비현실적으로 커다란 화면을 넋 놓고 바라보며 한참을, 그 자리에 그냥 서 있었던 것 같다.

영화 줄거리는 이제 기억나지 않는다. 화면을 가득 채울 만큼 커다란 짐승이 자기 가슴을 두드리며 계속 괴성을 질렀다는 것만 어렴풋이 기억에 남아있다. 킹콩이었다. 심지어 제프 브리지스, 그러니까 먼 훗날 어른이 된 아이가 <사랑의 행로>란 영화를 본 이후로 세상에서 가장 섹시하다고 생각하게 된 그 배우가 남자 주인공이었지만, 그건 수십 년 뒤의 일이고,

그날, 아이는 태어나서 처음으로 혼자 영화관에 가서 영화를 보았고 처음으로 어른이 된 듯한 기분을 느꼈다.

그 무렵 친구들 사이에는 이 영화를 위해서 특별히 키가 100미터도 넘는 킹콩 로봇을 만들었는데, 마징가 제트처럼 사람이 안에 들어가서 조종하는 거란 얘기가 떠돌았다. 이후로도 꽤 오랫동안 아이는 그 말을 믿었고 가끔은 산처럼 거대한 킹콩이 등장하는 꿈을 꾸기도 했다.

HK
HK

UNIVERSITAET

TAATSBIBLIOTHEK ZU BER

프롤로그, 베를린 유감

1999년 여름, 포츠다머 슈트라쎄, 베를린 국립도서관

"연락할게요. 분명 무슨 일이 일어납니다. 그때 제가 연락할게요."

마지막 말을 남긴 남자가 내용물이 훤하게 들여다보이는 투명한 비닐백을 들고 자리에서 일어섰다. 비닐백에 커다랗게 독일어로 적혀있는 'STAATS-BIBLIOTHEK ZU BERLIN(베를린 국립 도서관)'이란 글자가 선명하게 눈에 들어왔다. 남자는 사방의 눈치를 살피며 잠시 머뭇거리더니 접선을 마친 간첩처럼 재빨리 어디론가 사라졌다.

유학생 몇 명이 모인 술자리에서 한두 번 마주친 적이 있는 남자였다. 나보다 나이가 대여섯 살 많은 남자는 동서독이

통일될 무렵 베를린으로 유학을 와서 철학을 공부하고 있었다.

뭔가에 쫓기듯 항상 불안한 모습으로 알 수 없는 얘기를 늘어놓는 남자와 딱히 이렇다 할 정상적인 대화를 나눠본 적은 없다. 그날도 우린 도서관 휴게실에서 우연히 만났고 내가 먼저 다가가서 인사를 건넸지만 남자는 내 시선을 피하며 계속 알 수 없는 말만 중얼거렸다. 조만간 지구가 멸망할 거란 얘기도 했고, 남북통일이 얼마 안 남았다고 얘기할 땐 레지스탕스처럼 눈을 반짝이기도 했다. 남자와 내가 우연히 만난 그곳은 영화 <베를린 천사의 시>에도 등장하는 국립도서관이었다.

문득 영화 속에서 도서관을 서성거리며 사람들의 마음을 듣던 천사가 떠올랐다. 나도 천사 다미엘처럼 남자의 마음을 읽을 수는 없을까? 남자에겐 무슨 일이 있었던 걸까? 80년대 서울에서 대학시절을 보낸 남자는 왜 베를린으로 날아와서 술에 취한 사람처럼 이상한 얘기만 늘어놓고 있는 걸까?

그날 이후, 내가 학업을 중단하고 몇 년 뒤 베를린을 떠날 때까지도 난 그 남자를 다시는 만나지 못했다.

2013년 서울

베를린에서 20년 넘게 살았던 친구가 류승완 감독의 영화 <베를린>을 보고 나오자마자 매표소로 다시 달려갔다고 했다. 그리고 다시 극장으로 들어가서 같은 시기에 개봉한 영화 <다이하드 5>를 '봐야만 했다'고 말했다. 시간이 남아돌아서 두 편의 영화를 연거푸 본 게 아니라 그럴 수밖에 없었다고 했다.

나보다 먼저 베를린에서 오랜 세월을 살았고 나보다 먼저 베를린을 떠난 이후 지난 세월 동안 한 번도 그 도시에 다시 가보지 못한 친구는 영화 <베를린>이 개봉한단 소식만 듣고도 어린아이처럼 좋아했다. 그랬던 친구가 정작 영화

<베를린>을 보고 마치 입안이 텁텁해서 입가심을 하듯 다른 영화를 봐야만 했던 이유는 뭐였을까. 그때까지 아직 영화를 보지 않았던 나는 특별히 친구에게 해줄 말이 없었고 그래서 해답은 영화를 보고 난 뒤에 스스로 찾기로 했다.

* * *

1997년부터 2004년까지, 베를린에서 유학 생활을 하는 동안 내가 만난 한국 사람들 가운데 세 명 중 한 명은 교포였고 한 명은 유학생. 그리고 또 한 명은 입양아였다. 이후로도 난 수많은 입양아들을 만났다. 나보다 영혼이 더 순수하고 맑았던 그 친구들은 한국 사람만 봐도 반갑게 인사를 건넸고 나 같은 유학생들에게 어려운 일이 생기면 제일 먼저 나서서 도움을 주곤 했다. 어렵게 배운 한국말로 더듬거리며 그들이 미소를 지을 때마다 그래서 난 마음이 더 아팠다.

파리와 베를린을 무대로 한 박광수 감독의 영화 <베를린 리포트>(1991)는 해외입양아를 소재로 다루고 있다. 프랑스로 입양됐지만 양아버지에게 성적으로 학대를 당하고 있는 여자, 그 여자와 헤어지고 통일 전 구동독으로 넘어가

사회주의자가 된 오빠. 결국 오빠는 여동생의 양아버지를 살해하고, 파리 특파원이었던 한 남자가 그녀와 함께 그녀의 오빠를 찾아서 다시 베를린으로 향하는데….

영화의 배경이 되었던 90년대 초반, 영화 속 주인공의 오빠뿐 아니라 실제로 한국의 수많은 소위 '운동권' 출신들이 구소련으로, 베를린으로 '망명'을 떠났다. 역사는 사회주의를 실패한 이념으로 규정했지만 그걸 받아들일 수 없었던 한국의 많은 젊은이들은 사회주의의 본고장을 택했다. 그게 단순한 도피였는지, 사전적 의미의 진정한 사회주의 부활을 준비하기 위해서였는지는 모르겠다. 아무튼 그리고 또 몇 년의 시간이 지나 내가 베를린으로 유학을 왔던 당시에도 여전히 그들은 이념을 버리지 않고 도서관에서 만난 남자처럼 유학생의 신분으로 살아가고 있었다. 1967년에 이미 194명의 지식인들을 간첩으로 몰아간 동백림 사건의 무대, 1989년 임수경이 방북할 때 거쳐 간 도시. 우리처럼 분단의 역사를 지닌 나라의 수도 베를린은 동서독 통일이 된 이후에도 여전히 이념 대립과 정치적 갈등을 상징하는 도시로 남아있었다. 그땐 그랬다.

* * *

ETIK INTERIORS BLUMEN
R 206
RASSE
HARDY
NOAH
LOFD

25 JAHRE WIEDERVEREINIGUNG
Berliner Mauer
Berlin Wall

얼마 뒤 나도 드디어 영화 <베를린>을 봤다. 그러고 나서야 친구가 왜 이 영화를 보고 나와서 곧바로 <다이하드 5>를 다시 봐야만 했는지 어렴풋이 짐작할 수 있었다. 영화관을 나오면서 제일 먼저 들었던 의문은 '왜?'였다. 왜 이 영화를 베를린에서 찍었을까? 영화제목이 왜 베를린이지?

베를린을 배경으로 한 대표적인 영화로는 리암 니슨 주연의 <언노운>이 있다. 영화는 베를린의 상징적인 장소들을 쉬지 않고 누빈다. 사소한 디테일 하나도 놓치지 않고 여기는 베를린이라고 계속 말한다. 낯선 나라에 와서 교통사고로 기억상실증에 걸리는 바람에 부인과 헤어지게 된 남자는 병원에서 나와 잃어버린 기억을 되찾기 위해 우선 부인을 찾아서 베를린 신 국립미술관(Neue Nationalgalerie)으로 향한다. 그리고 부인이 나타날 때까지 미술관 건너편 길거리에 서서 그제야 잠시 주린 배를 채운다. 베를린의 대표적인 스트리트푸드, 소시지에 케첩과 커리 가루를 뿌린 커리부어스트(Currywurst)를, 절박한 상황에 처해있는 주인공이 새끼손가락만 한 플라스틱 포크로 찍어 먹는다. 잃어버린 기억 속 남자의 실제 직업은 냉혹한 킬러다.

시작부터 끝까지 실제로 베를린에서 촬영된 이 영화에는 독일의 과거사가 탄탄하게 녹아있다. 주인공은 병원 간호사가 전해준 쪽지 한 장에 의지해 구동독의 비밀경찰 슈타지 출신인 노인 위르겐을 찾아간다. 그런데 위르겐이라는 이 노인 역할을 맡은 배우가 부르노 간츠, 영화 <베를린 천사의 시>의 천사 다미엘이다. 이 영화를 나처럼 좋아하는 관객이라면 천사 다미엘이 환생해서 위르겐으로 다시 태어난 건 아닐까 싶을 만큼 반갑고 완벽한 캐스팅이다. 역사적 배경에서 사소한 디테일까지 철저한 자료조사와 스터디가 없었다면 불가능했을 이런 장면 하나하나와 스토리 덕분에 영화 <언노운>은 그 배경이 베를린이 아니면 불가능한 영화가 된다.

류승완 감독의 <베를린>을 맺 데이먼 주연의 '본 시리즈'에 빗대어 한국형 '본 시리즈'의 개막을 알리는 작품이란 평가도 많이 나왔지만, 본 시리즈처럼 숨 막히게 전개되는 긴장감은 느껴지지 않는다. 지구상에 아직까지 남아있는 유일한 분단국가 남북한의 정치적 갈등과 헤게모니 싸움을 보여주기 위해서, 역시 분단의 역사를 상징하는 독일의 한 고위 관료가 북한 대사관 여비서의 성 접대에 넘어가는 설정 역시 엉성하다. 독일 사람들은 너무나 이성적이라 아무리 아시아 여자를

(실제로) 밝힌다고는 해도 그런 식으로 여자를 안지는 않는다. 법인카드가 뭔지도 모르고 밥 한 끼만 같이 먹어도 더치페이를 하는 민족이 그런 성 접대를 받는다고? 설마.

영화 <베를린>을 보고 끝내 아쉬웠던 건 아무도 이 도시를 말하지 않았다는 점이다. 하정우의 먹방이 화제가 되고 류승범의 신비스런 캐릭터를 말했지만 아무도 이 도시가 지니고 있는 상징성에 대해 말하지 않았고 관심조차 없었다.

한국형 초대형 블록버스터를 지향한 영화라면 해외로케 비용으로 차라리 압구정동을 누비고 강남대로를 질주하며 더 화끈한 장면을 연출할 수도 있지 않았을까. 그래도 한국 액션영화 사상 최다 관객을 동원한 영화에 대해 너무 인색한 평일 수도 있지만 함정은 "그래도"에 있다. 영화를 본 많은 사람들은 그렇게 말했다. 그래도 한국형 액션영화가 이 정도면 정말 잘 만든 거지. 안 그래?

자족을 하고 우리끼리 자찬하기에 난 감독을 너무 많이 믿었다. 나 스스로 도시 베를린에 대한 애정이 남다르고, <죽거나 혹은 나쁘거나>부터 이 감독의 영화를 지금까지 단 한 편도 빼놓지 않고 사랑해온 팬의 입장에서 아쉬움도 그만큼 클 수밖에 없었나 보다. 이념을 소재로 한 한국형

블록버스터의 효시라 할 만한 영화 <쉬리>를 잇는 첩보 액션 영화에 그치지 않고 <베를린 리포트>처럼 시대 배경을 치열하게 영화 속에 녹여내고, <언노운>처럼 디테일까지 철저했다면, 그래서 이 영화는 베를린에서 찍을 수밖에 없었구나, 라고, 모두가 동의할 수 있었다면 좋지 않았을까.

친구처럼 나 역시 '저건 내가 아는 베를린이 아니야!'라고 구시렁거린 지 채 반년도 안 돼서 내 신상에 변화가 생겼다. 이제는 가끔 여행이나 출장이 아니면 다시는 가볼 수 없을 거라 생각했던 도시 베를린으로 돌아갈 기회가 생겼다. 누구처럼 이념을 지키기 위한 때늦은 망명은 아니었다. 먹고 살기 위한 생활형 이주였다. 2013년 여름, 지독한 열대야가 기승을 부리던 날, 난 그렇게 다시 베를린으로 돌아왔다.

9년 만에 다시, 베를린이었다.

* * *

1997년 베를린으로 유학을 왔다가 학업을 중단하고 2004년 서울로 돌아가서 북에이전트, 번역가, 칼럼니스트로 9년을 살았다. 출판 경기가 단군 이래 최대 불황(이라는 말을 십여 년째 하고 있는) 한국에서 출판과 관련된

일만 족족 골라서 하다 보니 수순처럼 위기가 찾아왔다. 출판사에 아무리 외서를 많이 소개해도 번역판권 계약까지 성사되어서 중개수수료를 챙길 수 있는 건수는 계속 줄어들었다. 번역을 하는 작업은 적성에 가장 잘 맞는 평생 직업이라 생각하고 기꺼이 좋아서 작업을 했지만 투자하는 시간과 열정에 비해서 그 대가는 항상 초라했고, 몇 달 고생해서 책 한 권을 번역했는데 3백만 원도 채 안 되는 번역비를 할부금처럼 여섯 번에 쪼개서 주는 악덕 출판업자도 겪어봤다. 나처럼 칼럼을 쓰는 소위 '외부 필자'들끼리 자조적으로 하는 얘기가 있는데, 잡지에 칼럼 하나를 쓰면 받는 원고료는 20년 동안 단돈 만 원도 오르지 않았다는 푸념이었다. 그게 대한민국 출판계 전반의 현실이었고 소박한 내 은행 잔고는 스스로 가성비 떨어지는 일만 골라서 해온 결과였다.

그렇게 은행 잔고가 결국 바닥이 나고 마이너스로 치닫기 시작하던 무렵에 우연히 베를린에 일자리가 생겼다. 외교관은 아니지만 재외공관에서 일을 하기 때문에 신분이 보장되고 비자 연장을 걱정할 필요도 없는 자리였다. 심지어 그곳이 베를린인데 마다할 이유가 없었다.

미련 없이 떠나기로 결정을 하고 나자 이제 남은 건 지난 9년의 흔적들을 다시 지우는 일이었다. 1인 저작권 에이전시를

Heineken
Heineken

운영하며 해외 출판사에서 받아 번역판권을 중개하지 못한 수많은 원서들을 처리하고, 가구들을 정리하고, 새거나 다름없는 드럼세탁기를 경리단길에 있는 용산구 재활용센터에 5만 원에 넘기고 관공서 몇 번 뛰어다니고 나자 어느새 한 달이 흘렀다. 차마 버릴 수 없는 짐들만 챙겨서 인천 본가로 내려갔다. 출국을 일주일 앞두고서야 신원조회가 끝나고 최종 승인이 떨어졌다. 그제야 친구들에게 지인들에게, 그리고 업계 관계자들에게 이리저리 문자를 넣었다.

우리 내일모레 만나요. 각자 먹을 거 마실 거 싸 들고 모입시다. 제가 할 말이 있어요.

할 말은 많지만 시간이 없었다. 친구들을 하나씩 만나 술을 마실 시간도 없었고 잡지사 출판사를 찾아다니며 그동안 계약금만 받고 쓰지 못한 원고, 마치지 못한 번역 작업에 대해 설명할 시간이 없었다. 저작권 에이전시를 접는다고 출판사마다 일일이 찾아다니며 양해를 구할 수도 없었다. 결국 번개 문자 하나로 모두 모두 한자리에 모아 빚잔치하듯 스스로 환송회를 열기로 했다.

상수동 지하에 작업실을 가진 후배가 선뜻 장소를 내줬다.

형, 제 작업실에서 파티해요. 제법 넓으니까 손님들 많이 부르셔도 돼요.

설치미술을 하는 후배의 작업실은 근사했고 후배의 말처럼 엄청 넓었다. 그리고, 푹푹 찌는 무더위에 습도까지 더해 가만히 있어도 땀이 줄줄 흐르는 밤에 하필이면 그날 밤에 때맞춰 에어컨이 고장 난 건 계획에 없는 서프라이즈였다. 갑작스런 연락에도 마다않고 달려와 준 고마운 이들에게 부디 오늘 밤을 잊지 말아 달라고 남겨주는 아주 끈적한 기념선물이었다.

예고에 없던 장맛비가 저녁 무렵부터 일말의 자비도 없이 아스팔트에 내리꽂히던 밤, 커튼 같은 빗발을 밀어내며 반가운 얼굴들이 하나둘씩 나타났다. 우산도 없이 비를 쫄딱 맞고 뛰어 들어오는 잡지사 기자도 있었고, 술만 잔뜩 사느라 음식은 챙겨오지 못했다고, 들어서자마자 중국집에 배달주문을 넣는 모 국장님도 있었다.

그래서 그날 밤은, 지난 9년의 서울 생활을 정리하는 대차대조표 같은 밤이었다. 늦깎이로 시작한 치열한 서울살이에서 지난 시간 동안 결국 수중에 남은 게 꼭 마이너스

통장만은 아니란 사실에 안도한 밤이기도 했다.

30년 된 친구보다 어제 만났어도 앞으로 30년을 함께 할 사람이 더 중요하다는 게 내 지론이다. 그날 밤, 물론 오래 된 친구도 있었지만 대부분 유학에서 돌아와 서울 생활을 하면서 만난 지 몇 년이 되었거나 혹은 반년이 채 안 된 이들도 있었다. 어쩌면 앞으로 나와 30년을 함께 할지도 모르는 친구들과 지인들이 서로서로 처음 만나 명함을 주고받으며 인사를 나눴다. 의자도 없이 서서 먹고 마시며 파티를 즐기는 데 익숙하지 않은 사람들이 어느새 자연스럽게 이리저리 자리를 옮겨가며 즐기는 모습을 지켜보는 내 눈알이 카메라 어안렌즈처럼 부산하게 움직였다. 그리고 마음으로 한순간, 한순간을 찍었다. 찰칵. 또 찰칵.

아주 오래전 베를린의 값싼 기숙사 공동 부엌에 각자 먹을 거 마실 거 가지고 모여서 다국적의 친구들과 주말마다 파티를 하던 때가 오버랩되기도 했다. 이제 며칠만 지나면 내가 떠난 그 자리에는 오늘 지금 여기서 서로 명함을 주고받고 서로 번호를 딴 사람들이 자기들끼리 이리저리 뭉쳐서 번개를 하고 가끔은 대화의 소재가 떨어지면 내 험담도 늘어놓으면서 그렇게 서로 또 친해지고 그러겠지. 그러다 술에 취한 밤이면 '베를린은 지금 몇 시쯤 됐지?' 하면서 술김에 불쑥 전화를 하겠지. 그러고는 잘 지내지? 아직 안 잘렸어? 네가 양복을 입고 일을 한다고? 말이 되는 소리를 해라. 사진이라도 함 보내봐! 이러면서 아마도 서로 호들갑을 떨겠지. 그리고 불과 몇 달 뒤부터 그런 일은 정말로 일어났고 지금까지도 종종 일어나고 있다.

며칠 뒤,

인천발 헬싱키를 경유하는 베를린행 비행기에 올랐다. 늦은 나이에 새로운 일을 시작하러 가는 길이었고, 아주 짧은 취직의 경험을 빼면 거의 처음이나 다름없는 직장생활, 사회생활을 본격적으로 하러 가는 길이었다. 꽤 늦었지만 그래도 세상에는 피해 갈 수 없는 길이 있으니까, 아무리 길을 뱅뱅 돌아가도 결국은 지나쳐야 하는 길목이 있는 거니까, 이제 저 모퉁이를 돌면 뭐가 기다리고 있는지 더 이상 망설이지 않고 피하지 않고 과감하게 코너링을 할 차례였다.

그래서 저, 이제 베를린으로 출근합니다.

다녀오겠습니다!

Part 1 다시 베를린에 왔다

베를린 이야기 같은 영화 이야기 같은
베를린 이야기

그 여자의 집

그렇게 다시 베를린으로 돌아오긴 했지만 워낙 정신없이 출국 준비를 하느라 집 같은 건 알아볼 틈도 없었고, 그래서 일단은 마침 방학을 맞아 잠시 한국에 가 있는 유학생의 집을 빌려서 두 달간 머물기로 했다. 그러고 나자 마음이 느긋해졌고 그렇게 별생각 없이 야근을 반복하는 사이, 베를린에 온 지도 어느새 한 달이 지났다. 이제 슬슬 집을 구해볼까 싶어서 인터넷을 뒤지고 친구들에게 입소문을 좀 내달라고 부탁할 때쯤에야 정신이 번쩍 들었다.

베를린은 내가 아는 10년 전의 그 베를린이 아니었다. 예나 지금이나 공식적인 인구의 변화는 크게 없었다. 하지만 집 구하기가 하늘의 별따기였다. 어쩌다 괜찮은 집이 나와도 경쟁이 너무 치열해서 좀처럼 나한테까지 차례가 돌아오지 않았다. 공고를 보고 찾아가면 집 구경을 하려고 문 앞에 장사진을 치고 기다렸다가 줄을 서서 들어가야 할 정도였고 독일인도, 유럽인도 아닌 나에게 관심을 가져주는 집주인이나 부동산 중개업자는 만날 수가 없었다. 몇 년 전부터 베를린이 예술가들의 천국, 핫한 도시로 부상했단 얘기는 헛소문이 아니었고 할리우드 유명 배우들이 베를린에 집을 샀다는 얘기도 조금씩 실감이 나기 시작했다. 이러다 집을 빌려준 유학생이 돌아오면 그때부터 친구들의 집을 일주일씩 전전하며 얹혀살아야 하는 건 아닐까.

서서히 불안해진 나는 그때부터 점심시간마다 사무실을 빠져나와 발품을 팔아봤지만 마음에 쏙 드는 집은 월세가 터무니없이 비싸거나, 집을 계약하고 싶다고 이메일을 보내도 답이 없었고, 내일이라도 당장 입주할 수 있는 집은 도무지 맘에 들지 않아서 선뜻 결정을 내릴 수가 없었다. 그렇게 열흘이 지날 때쯤, 드디어 내 몸과 마음에 꼭 맞는 집을 찾았다.

그날은 여섯 번째로 또 새로운 집을 보러 가기로 한 날이었다. 약속 시간보다 일찍 할레셰스 토어(Hallesches Tor) 지하철역에 도착해서 밖으로 나오자 느닷없는 소나기가 쏟아지기

시작했다. 맑은 하늘에 장대비가 도로를 후벼 팔 기세로 바닥에 내리꽂히고 있었다. 한참을 그렇게 서 있는데 거짓말처럼 약속 시간을 5분 앞두고 비가 그쳤다.

정신없이 달렸다. 집 앞에 도착하자 웬 동양여자 하나가 문 앞을 서성이고 있었다. 나처럼 집을 보러 온 것 같았다. 잠시 후, 드디어 부동산 중개업자가 나타나서 문을 열어주었다. 엘리베이터를 타고 올라가서 문을 열고 들어서는 순간, 고장 난 창문이나 지저분한 발코니 따위는 눈에 들어오지도 않았고 집을 둘러본 지 2분 만에 난 부동산 중개인에게 이렇게 고백하고 있었다.

나는 이 집을 갖고 싶어요.

사실 특별히 예쁜 집도, 북유럽의 느낌이 물씬 풍기는 고풍스런 집도 아니었다. 70년대에 지은 현대식 공동주택이었고 남들이 보면 별거 아니다 싶은 그런 집이었다. 창밖으로 내다보이는 전경도 그랬다. 멀리 화려한 스카이라인이 보인다거나, 베를린 시내의 절반을 뒤덮고 있는 울창한 숲이 내려다보이는 것도 아니었다. 하지만 그 집은 왠지 나를 쏙 빼닮았단 기분이 들었다. 집에 들어서는 순간부터 그랬다. 간이 테이블 하나에 의자 두 개 놓고 두 사람이 겨우 앉아서 차를 마실 수 있는 아주 작은 발코니가 있었고, 그 발코니 때문에 거실 모양은 직사각형도 정사각형도 아닌 오각형이었고, 발코니에서 내려다보면 몇 분에 한 번씩 미야자키 하야오의 애니메이션에나 나올 법한 노란색 작은 지하철이 지나가는 모습이 보였다.

결국 그날, 집을 보러 오기로 했던 다섯 명 가운데 두 명은 느닷없이 내린 소나기 때문에 나타나지 않았고, 주소를 잘못 알고 찾아간 엉뚱한 장소에서 전화를 걸어 부동산 중개인에게 문 좀 열어달라고 고래고래 고함을 지르던 사람이 한 명 있었고, 나와 함께 집을 둘러본 또 한 명은 독일말을 하지 못하는 태국 아가씨였다. 그렇게 난 내 몸과 마음에 쏙 드는 집을 차지하게 되었다.

* * *

영화 <위대한 개츠비>가 개봉하기 전부터 이 영화를

삐딱한 시선으로 멀리하게 된 이유는 영화와 무관하게 출판계를 휘몰아친 '떨이 장사' 때문이었다. 영화개봉을 몇 달 앞둔 시점부터 불붙기 시작한 경쟁은 언제부턴가 도를 넘어서기 시작했고, 유명 메이저 출판사들은 권위 있는 번역가, 혹은 유명 소설가의 번역본임을 강조하며 소설 <위대한 개츠비> 판매 경쟁에 뛰어들었다.

퍼블릭 도메인(Public Domain)이란 저작권 관련 용어가 있다. 우리말로 해석하면 공유저작물 정도 된다. 원저작권자, 즉, 저자가 사망한 지 70년이 지났기 때문에 로열티를 지불하지 않고도 누구나 책을 만들어서 판매할 수 있는 저작물을 말한다. 저작권료를 지불하지 않아도 되니 번역만 해결되면 누구나 마음대로 책을 출간할 수 있다. 퍼블릭 도메인의 이런 특성 때문에 유명 고전의 경우 주인 없는 땅에 너도나도 말뚝 박고 농사짓는 식으로 수십여 종의 번역서가 판을 친다. 번역의 퀄리티? 물론 보장할 수 없다. 대표적인 경우가 생텍쥐페리의 <어린왕자>다. 인터넷 서점에 검색을 해보면 지금까지도 700권이 넘는 번역서가 판매되고 있다. <위대한 개츠비>의 경우, 미국문학사상 최고의 고전 가운데 하나로 손꼽히는 F. 스콧 피츠제럴드의 이 소설이 영화로 제작된단 소식이 전해지자 출판사마다 사활을 걸고 오래전부터 판매전에 뛰어든 건 당연한 일이다. 더구나 주연배우가 무려 레오나르도 디카프리오였으니 그럴 만도 했다. 영화 흥행은 따 놓은 당상, 그렇다면 이 기회에 원작 소설을 한 권이라도 더 팔아보려고 대대적인 홍보에 나서기 시작한 것이다.

사실 <위대한 개츠비> 출간 열풍의 이면에는 슬픈 현실이 숨어있다. 단군 이래 어차피 단 한 번도 흥한 적이 없다는 출판계의 현재 사정은 차마 말로 설명할 수 없을 정도로 비참하다. 초판은 무조건 3천 부를 찍던 것도 벌써 오래전 얘기다. 5백 부를 찍는 책도 많고 그나마 재고로 남는 경우가 허다하다. 스마트폰에 중독되기 전부터도 사람들은 이미 책을 멀리했고 이런 현상이 지속되고 점점 더 악화되면서 이제 출판사들은 아사지경에 이르렀다. 상황이 이렇다 보니 비싼 저작권료를 지불할 여력이 없는 수많은 출판사들이 새로운 책을 기획하기보다 <레미제라블>이나 <위대한 개츠비> 같은 '퍼블릭 도메인' 고전으로 눈을 돌리는 건 어쩌면 당연한 현상이다.

하지만 영화개봉이 가까워지자 역사와 전통을 자랑하는

출판사들마저 할인에 할인을 하다못해 떨이 경쟁에 뛰어드는 모습은, 마치 남대문 시장에서 수북하게 쌓인 옷더미 위에 올라가 "골라골라!"를 외치는 모습과 크게 다르지 않았고 그래서 영 마음이 씁쓸했다. 그리고 얼마 전, 해외교민들을 위한 인터넷 사이트에 며칠 동안 잠시 올라온 영화 <위대한 개츠비>를 드디어 보게 됐다. 그리고 소설 <위대한 개츠비>의 한국어 번역판에 대해 가졌던 편협하고 삐딱한 마음은 영화를 보고 난 뒤에도 크게 달라지지 않았다.

사실 영화만 놓고 보면 개츠비가 왜 위대한지 도무지 모르겠다. 억만장자가 되어 돌아온 남자(개츠비)가 5년 전에 헤어진 애인(데이지)을 잊지 못하고 이미 유부녀가 된 그녀의 집 맞은편에 초호화주택을 장만한다. 그리고 언젠가 한 번쯤은 그녀가 찾아줄 거란 기대감에 주말마다 어마어마한 파티를 열지만 여자는 끝내 찾아오지 않는다. 그때 마침 글을 쓰고 싶었으나 먹고살기 위해 채권시장에 뛰어들려고 뉴욕으로 상경한 한 남자(닉)가 개츠비의 저택 옆에 있는 코딱지만 한 집으로 이사를 온다. 그런데 이 남자, 데이지의 사촌이다. 어떻게 신상을 털었는지 그 사실을 알게 된 개츠비는 닉을 이용해서 결국 데이지를 만나게 되고, 그날 이후로 개츠비는 오래전 애인과 거대한 성 같은 집안에서 애정행각을 벌여보지만….

영화 속의 개츠비는 위대한 남자가 아니다. 위대하기는커녕 사기를 쳐서 신분을 세탁하고 남의 유산을 가로챈 인간이고 불법 장사로 돈을 버는 인간이다. 소설을 차분하게 읽어보면 그가 왜 위대한 인물인지 알게 될까? 하지만 '떨이'로 얼룩진 번역판 소설을 읽어보고 싶은 마음도 지금으로선 전혀 없다. 위대한 개츠비는 내게 결국 전혀 위대하지 않은 남자로 기억되고 마는 걸까.

영화 <위대한 개츠비>의 러닝 타임 가운데 대부분을 메우는 공간은 세 사람이 사는 집이다. 개츠비가 사는 화려한 저택과 그에 못지않게 고급스런 데이지와 남편의 집, 그리고 닉이 사는 초라한 집이 영화의 주된 배경이다. 개츠비의 집은 결국 폐가처럼 초라한 모습으로 변하고, 데이지는 집을 버리고 남편과 함께 다른 곳으로 떠난다.

영화를 보고 나서 문득 그런 생각을 해봤다. 만약 개츠비가 화려한 저택에서 밤마다 파티를 하며 그녀를 기다릴 게 아니라, 닉의 집처럼 작을지라도 그녀의 몸과 마음에 꼭 맞는 집을 준비해놓고 그녀를 기다렸다면, 그랬다면 두 사람의 미래는 다를 수도 있지 않았을까.

배경음악과 전체적인 분위기만 놓고 보면 영화 <위대한 개츠비>는 같은 감독의 1996년 작 <로미오와 줄리엣>과 조금도 다르지 않다. 바즈 루어만 감독은 20년이 가까운 세월 동안 그닥 진화하지 않았고, 레오나르도 디카프리오는 남의 옷을 입은 사람처럼 연기하느라 고생했고, 여주인공 데이지는 안주할 수 있는 집을 끝내 찾지 못하고 남편과 함께 집을 떠난다. 그토록 사랑했던 남자에게 실망한 여자가 안주할 수 있는 마지막 집은 결국 자신을 한결같이 사랑해준 남자, 남편이었을지도 모른다.

2013년 7월, 9년 만에 다시 베를린으로 돌아왔다. 그리고 40일 만에 드디어 내 몸과 마음에 꼭 맞는 집을 갖게 됐다. 나를 꼭 닮은 이 집을 닮은 누군가를 만나게 되면, 그때쯤은 마지막이지만 처음 같은 사랑을 시작할 수 있을까.

St. Hedwig-
Große Hamburger Straße 5 – 11
10115 Berlin
Telefon: 2311-0
hedwig-krankenhaus-berlin.de

오만과 편견

"독일 사람들을 많이 만나세요. 독일 친구 많이 사귀고 한국 사람들하고는 너무 친하게 지내지 마세요. 그러다 나중에 상처받아요."

미테(Mitte) 지구에 있는 회의장에 일찌감치 도착해서 커피를 마시며 서성이고 있는데 블랙 투피스 정장 차림의 젊은 여자가 다가와서 충고를 한다. 30대 초반으로 보이는 동양여자가 한국분이냐고 말을 걸어와서 그렇다고 했고 베를린에 온 지 얼마나 됐냐고 묻기에 별생각 없이 반년쯤 됐다고 했고, 그랬더니 별다방 알바생 바라보는 중년의 아줌마처럼 지긋한 표정으로 무게 잡고 충고를 해준다. 자신은 오늘 통역을 맡은 아무개라며 명함을 건네주는데, 순간 뭐라고 대답을 해야 할지 몰라서 머뭇거리다 얼떨결에 "아, 예." 하고 넘어갔다.

잠시 후 참석자들이 속속 도착하고 우르르 회의실로 입장. 독일 사람 다섯 명과 독일말을 못 하는 한국인 대표단 세 명, 그리고 통역을 맡은 그녀가 모두 동그란 테이블에 둘러앉고 회의가 시작됐다. 제일 먼저 내가 독일말로 이번

프로젝트의 취지에 대한 설명을 마치고 자리에 앉자 그녀가 잠시 당황한 표정을 보였다고 생각한 건 내 착각일지 모른다. 어쨌거나 그녀는 세 시간에 걸친 마라톤 회의를 하는 동안 서툰 독일어로 제대로 통역을 하지 못했고 그래서 몇 번쯤은 내가 부연 설명을 해주었고 회의장을 나설 땐 내 눈길을 피하며 회식도 마다한 채 허둥지둥 자리를 떴다. 그보다 먼저 벌어진 상황도 있었다. 회의가 끝나갈 무렵 이런저런 농담 끝에 나이 얘기가 나왔고 그래서 나도 나이를 '깠고' 그러자 독일 사람들이 동양 사람들은 정말 나이보다 젊어 보인다며 이구동성으로 투덜거렸다. 그러다 내가 예전에 베를린에서 오랫동안 유학을 한 적이 있단 얘기를 할 무렵 그녀의 표정이 와르르 무너졌다고 생각한 건 나만의 착각이 아닐 수도 있다.

독일 친구들을 많이 사귀라는 그녀의 충고가 딱히 틀린 건 아니었다. 하지만 나에겐 친구 슈테판이 있고, 파티가 있으면 잊지 않고 연락을 주는 밥시가 있고 내 일이라면 발 벗고 나서주는 카이도 있다. 모두가 유학시절부터 지금까지 15년 넘게 알고 지내는 독일 친구들이다. 그래도 아직 더 많은 독일 친구들을 사귀어야 하는 건지도 모른다. 다만, 베를린으로 다시 돌아온 지 이제 반년, 새 친구들을 사귀는 건 고사하고 주말에 야근 안 하고 잠 좀 자보는 게 소원일 정도로 바쁜 시간들이었다.

한국 사람들과 너무 친하게 지내지 말란 말도 충분히 이해한다. 독일에 온 지 3년 된 그녀가 아직은 상상조차 할 수 없는 끔찍한 경험도 내가 더 많이 해봤을 거라고 장담한다. 한번은 하도 괴상한 인간을 만나서 테러 수준의 피해를 본 적도 있다. 8년이 넘는 유학 생활 동안 수백 명의 한국 사람들을 겪었지만 지금까지 연락을 하고 지내는 사람은 그래서 대여섯 명뿐이고 그중에 친구가 된 사람은 딱 두 명이다. 그래서 그녀의 말은 백번 이해한다. 하지만 그럼에도 난 누군가 독일에 처음 발을 디딘 사람들에게 한국 사람들을 멀리하란 충고 따위는 해주지 않는다.

처음에는 가족보다 더 친한 듯 급속도로 가까워지던 사람들이 불과 얼마 못 가서 갈라서고 심지어 서로 원수 사이가 되는 일이 자꾸 생기는 건 반드시 어느 한 편만의 문제가 아닐 수 있다. 나 역시 누군가에게 서운하게 대했을 것이고 또 누군가를 실망시켰을 것이다. 객지에 나와서 지내는 만큼 사람이 더 그리웠고, 독일 사람들은 좀처럼 상대도 안 해 주는데 같은 한국 사람끼리는 동질감을 느낄 수 있으니 더 빨리 더 친해졌을 것이다. 그만큼 기대가 크다 보니 사소한 서운함도 더 크게 느껴졌을 것이고 그러다, 그래서 서로에게 더 큰 상처를 남겼을 것이다.

모두 다 외로워서 벌어진 일이다. 죄인은 '한국 사람'이 아니라 외로움이었던 거다. 나와 띠동갑 나이쯤 되는 누군가의 충고라도 늘 기꺼이 받아들이며 살아왔지만 이런 모든 정황을 그녀보다 더 많이 알고 있는 내가 그녀의 충고에 속으로 발끈한 건 그 때문이다. 무조건 한국 사람들과 친하게 지내지 말라고 말하면 안 되는 거였다. 그랬지만, 그래도 뭐 나보고 많은 독일 친구들을 좀 사귀라는데 그게 나쁜 말은 아니잖아. 그럴 수도 있지 뭐.

어쩌면 내 잘못인지도 모른다. 난 그녀가 처음 내게 물었을 때 베를린에 온 지 반년쯤 됐다고 말하지 말고 베를린으로 '돌아온 지' 반년쯤 됐다고 대답했어야 했는지도 모른다. 그랬다면 그녀는 내게 경솔하게 섣부른 충고를 하지 않았을까?

* * *

"어느 나라에서 왔어?"

머릿속으로 센다. 하나, 둘. 둘의 반.

"일본 사람?"

그러면 그렇지. 세월이 지나도 여전히 셋을 못 넘기네. 그

런데 이번엔 중국이나 베트남이 아니라 일본 사람이냐고? 속으로 시큰둥하게 구시렁거리고 만다.

클럽 입구에서 친구와 나란히 줄을 서 있는데 우리가 입장

할 차례가 되자 보디가드가 어느 나라 사람이냐고 장난처럼 물었다. 하지만 보디가드는 내가 셋까지 셀 시간조차 주지 않고 우리에게 일본 사람이냐고 다시 물었다. 재미난 건 십몇 년의 세월이 흘러도 서너 번씩 되묻는 그들의 입에서 '코리아'가 좀처럼 나오지 않는단 사실이다. 차이나, 베트남, 그러다 태국까지 나와도 코리아는 나오지 않는다. 한국산 스마트폰을 쓰면서도 그게 메이드 인 코리아란 사실을 잘 모른다. 그러니 내게 국적을 물어볼 때도 "프롬 코리아?"라고 묻는 사람을 만나본 적이 없다. 아니, 있지만 열에 하나 정도다. 애국심 같은 거 별로 연연하지 않고 살아왔는데도 내 정체성이 사라지는 거 같아서 이럴 땐 나도 모르게 울컥한다. 그들은 기다려주지 않고 조급하게 되묻는다. 대답할 시간조차 주지 않고 자신이 알고 있는 데이터 범위 내에서 자꾸만 질문을 던진다. 그리고 그들이 가지고 있는 데이터 속에 '코리아'는 여전히 없거나 아니면 그 용량이 너무나 적다. 이상한 일이지만 독일에선 여전히 그렇다. 수많은 자동차를 수출하고 그보다 많은 스마트폰을 팔았는데도 여전히 그렇다. 이런 시시콜콜한 얘기가 전 세계적으로 여전히 국가 인지도 너무 심하게 떨어지는 어느 아시아 나라의 국민으로 살아오면서 몸에 배어있는 피해의식, 열등의식일 수 있지만 그보다 핵심은 이거다. 질문을 했으면 상대방이 대답을 할 때까지 입 닥치고 좀 기다려줘야 하는 거 아닌가?

* * *

취리히발 베를린행.

스위스에서 개최되는 문화행사에 차출이 됐다. 금요일 저녁에 퇴근을 하고 선발대가 미처 챙겨가지 못한 엑스배너 같은 행사 장비들 몇 개를 짊어지고 공항으로 향했다. 그리고 조금 과장하면 무박 3일 동안 행사를 지원하고 무사히 잘 마치고 그리고 베를린으로 복귀하는 길이었다. 오래전 유럽 배낭여행을 하면서도 물가가 비싸단 소문만 듣고 발을 들여 보지 못한 나라가 스위스였고 그래서 금요일 저녁에 퇴근을 하고 다시 주말 동안 일을 하기 위해 비행기에 오르면서도 마음이 설렜지만 결국 모든 출장이 그렇듯 설렘은 커녕 새벽까지 공연장에서 행사 준비를 하다 숙소로 돌아와 쪽잠을 자고 다시 공연장으로 향하는 일정만 이어졌다. 그래서 결국 스위스는 캄캄한 밤길과 새벽길을 달리면서 내다본 풍경이 전부였고 행사를 무사히 마치고 다시 취리히 공항으로 향할 땐 이미 일요일 밤이었다. 그리고 내일이면 또 출근이다.

다시 베를린. 테겔공항에 내렸는데 1월의 겨울바람이 차다. 불과 3일 전까지만 해도 늦가을 날씨 같았는데 그새 다시 추워졌나 보다. 10시 30분. 빨리 집에 들어가 뜨거운 물에 샤워를 하고 자야겠단 생각으로 택시를 잡아탔는데 택시기사가 운전하는 내내 도무지 말이 없다. 머쓱해서 한두 마디 말을 걸었더니 택시기사가 묻는다.

"어느 나라에서 왔어요?"

드디어 올 것이 또 왔구나. 피곤해 죽을 것 같은데 머릿속으로 또 센다. 하나, 둘. 둘의 반. 둘의 반의반, 둘의 반의반의…. 어라? 왜 반응이 없지?

질문을 던지고 묵묵히 기다리는 택시기사에게 대답했다.

"한국 사람이에요."

"아, 그렇군요!"

택시기사가 (늘 그렇듯) 남한 사람이냐 북한 사람이냐고 물어볼 때도 짜증이 나지 않았다. 최소한 내 대답을 기다려준 태도가 그저 반갑고 심지어 고마울 뿐이었다. 나는 남한 사람이고 우리나라 대통령이 다보스 포럼이란 행사 때문에 스위스를 방문했는데 한국을 소개하는 문화행사를 지원하러 다녀오는 길이라고 했다. 택시기사와 독일의 분단과 통일, 남북한의 현실에 대해 이런저런 수다를 떨다 보니 어느새 집에 도착해있었다.

2유로 팁을 얹어서 택시비를 지불하고 내릴 때쯤은 이미 지난 무박 3일의 피로가 싹 가시고 기분이 좋아졌다. 그리고 오래전에 읽은 소설을 떠올렸다. 제인 오스틴의 <오만과 편견>이 갑자기 다시 읽고 싶어졌다. 그런데, 귀찮기도 하지만 시간도 없다. 아, 참. 영화도 있었지.

돌아오는 주말에는 만사를 제쳐놓고 조 라이트 감독의 <오만과 편견>을 봐야겠다. <안나 카레리나>와 <한나>를 만든 감독인데 어련하겠어. 이것도 선입견이고 편견일까? 모르겠다. 막상 영화를 보고 실망하든 책보다 더한 감동을 받게 되든, 일단은 좀 자야겠다.

내가 전화할게

생전 얼굴 한번 본 적도 없는 그녀는 언제부턴가 내 편이 되어주겠다고 했다. 내가 무슨 짓을 해도 어떤 잘못을 해도 무조건 내 편이 되어줄 거라고도 했다. 당신이 설령 나쁜 짓을 했더라도 분명 거기엔 그만한 이유가 있을 거라고, 그러니까 그건 당신 잘못이 아닐 거라고 했다. 우린 그렇게 얼굴도 보지 못한 채 10년 동안이나 서로 메일을 주고받았다. 처음엔 작가의 입장에서 그녀에게 독자 메일을 받고 인생 상담이나 연애 상담을 해주는 정도로 시작된 관계였지만, 언제부턴가 나 역시 그녀에게 사소한 내 이야기를 들려주고 종종 내 속마음을 털어놓기 시작했고 그렇게 우린 서로에게 위안이 되어주는 존재가 되어갔다.

그러다 얼마 전에야 드디어 전화번호를 알게 됐다. 아마도 내가 먼저 물었던 것 같다. 그녀는 썩 내켜 하지 않았지만 결국 번호를 알려주었고 이후로는 종종 이메일이 아니라 문자를 주고받게 됐다. 그런데 그게 왠지 어색하고 불편했다. 시도 때도 없이 날아오는 문자보다는 가끔 한 번씩 이메일함을 열었을 때 문득 도착해있는 그녀의 메일을 발견하는 쪽이 더 익숙하고 반가웠다. 그리고 며칠 전, 이례적으로 수십 차례나 문자를 주거니 받거니 하던 끝에 난 충동적으로 그녀에게 더 이상 연락을 하지 말자고 했다. 그녀는 당황한 기색이 역력했지만 난 조금도 당황하지 않았다.

그녀와 문자를 주고받기 시작한 게 화근이었던 것 같다. 상대에 따라 소통을 하는 방식이 있다. 이메일을 주고받는 게 편한 상대가 있고 당장 전화를 걸어서 수다를 떨고 싶은 사람이 있다. 이메일을 쓸 때 나처럼 소심하고 일정량 편집자의 피를 가진 사람은 세 번쯤 교정을 보고 두 번쯤 내가 쓴 문장을 읽어보고 다듬고 난 뒤에야 보내기 버튼을 누른다. 문자는 다르다. 실시간 대화를 활자로 옮겨놓자니 손가락이 마음의 속도를 따라가지 못한다. 그렇다고 마냥 문자 교정을 보고 있으면 상대방이 또다시 문자를 보낼까 봐 급한 마음에 보내기 버튼을 누르지만 그러고 나면 비로소 오타가 보이고 쓰지

rschauer Str. in 4min
arschauer Str. in 17min

말았어야 할 내용도 찍혀있다. 지울 수 없이 남아있는 문자들. 지난 십 년 동안 몇 번쯤 생각하고 다듬은 글만 써서 보내던 미지의 상대에게 날 것 그대로 실시간 문자를 보내자니 뭔가 어색하고 영 불편했다. 그래서였을까? 문자를 주고받다가 느닷없이 이별도 아닌 이별 통보를 한 건 그래서였을까? 우리가 지난 십 년 동안 늘 그래왔듯이 패턴을 계속 지켰다면, 계속 이메일만 주고받았더라면 우린 언제까지나 그렇게 서로에게 내 편이 되어줄 수 있었을까.

* * *

광대 옷을 입고 꽃 배달을 하는 여자 링은 중경에 산다. 어느 날 링은 호텔로 꽃 배달을 갔다가 베를린에서 온 중국인 사업가 유를 만나고 하룻밤 사랑을 나눈다. 유는 베를린으로 돌아가고 얼마 뒤 링에게 아이폰이 배달되어온다. 유가 보낸 선물이다. 그때부터 유는 베를린에서 전화를 걸어오기 시작하고 두 사람은 애틋한 장거리 연애를 시작한다. 급기야 첨밀밀 주제곡을 배경음악으로 꽃다발을 들고 페이스타임으로 프러포즈를 하는 유에게 홀딱 빠진 링은 그동안 모아놓은 돈으로 비행기표를 사서 무작정 사랑을 찾아 베를린으로 향하게 되는데, 그래서 두 사람의 사랑은 그 흔한 로맨스 영화처럼 해피엔딩으로 끝나게 될까?

독일과 중국 합작영화 <애봉료>의 영어 제목은 "I phone you"다. 유가 링에게 준 선물도 아이폰이니 일종의 말장난처럼 보이지만 영화를 끝까지 보고 나면 제목은 말 그대로 "내가 전화할게"다. 넌 내게 전화하지 마. 내가 전화할게. 그게 우리가 소통을 하고 사랑을 하는 방식이야, 라고 영화는 제목을 통해 시작부터 이미 시위적으로 말하고 있다.

베를린 테겔 공항에 도착한 링은 잠시 후면 유가 나타날 거라고 기대하지만 결국 한참 만에 나타난 건 유가 아니라 낯선 독일 남자다. 남자는 유의 밑에서 일하는 직원이라고 자신을 소개하고 링을 유의 집이 아니라 허름한 호텔로 데려간다. 시작부터 왠지 심상치 않은데 게다가 이 남자, 대놓고 링에게 수작을 건다. 결국 링의 무작정 베를린 체류기는 엉뚱한 납치극과 경찰서행으로 이어지고 마침내 링은 유와 상봉을 하지만 영화는 해피엔딩으로 끝나지 못하고 링은 달리는 차 안에서 아이폰을 창밖으로 던져버리고 다시 베를린을 떠난다.

딱히 수작이라 할 만한 영화는 아니지만 <아이 폰 유>는 베를린과 조금이라도 인연이 있는 사람들에게 잔잔한 향수를 불러일으키는 쏠쏠한 재미가 있다. 독일 카셀에 교환학생으로 일 년간 체류한 것이 계기가 되어 결국 베를린의 영화학교에서 유학을 한 중국인 여성 감독은 영화를 통해 경쾌하지만 예리한 시각으로 베를린의 면면을 샅샅이 보여준다. 유가 베를리너 슈트라쎄 몇 번지에 산다는 것만 알고 링이 무작정 잡아탄 택시 운전사는 터키 사람이고 베를린에는 수많은 터키 사람들이 살고 있다. 그중 많은 터키인들이 케밥집을 운영하고 택시 운전기사로 일을 한다. 링이 찾아간 집에 유는 없고 폴란드 출신의 인부들이 주택 보수공사를 하고 있는데 베를린에는 동구권 출신의 노동자들이 공사장에서 일을 하는 경우가 허다하다. 거리에서 우연히 만난 베트남 청년과 말을 섞었단 이유만으로 링은 베트남 갱단에게 납치를 당하게 되는데, 사실 베를린에 베트남 갱단이 존재하는지는 나도 잘 모르겠지만 충분히 가능한 설정인 것 같기는 하다. 링에게 만나자마자 수작을 거는 유의 부하직원으로 출연한 독일 남자도 낯설지 않다. 영화 <굿바이 레닌>에서 주인공 알렉스와 함께 독일이 통일되고 난 뒤 코마에서 깨어난 알렉스의 엄마를 속이기 위해 허접한 가짜

동독 뉴스를 제작하던 찌질한 친구 플로리안 루카스가 보스의 여자에게 껄떡대는 남자를 연기한다. 하지만 무엇보다도 주인공 링의 역을 맡은 배우 강일연의 매력을 빼놓을 수 없다. 하룻밤 사랑에 모든 걸 걸고 서울에서 김 서방 찾기를 감행하는 씩씩한 여자 링은 사랑스러우면서도 쿨하고 겁이 없다. 심지어 가벼운 장거리 연애 상대로 자신을 가지고 놀았던 돈 많은 유부남의 뱃살에 나이프를 쓱 밀어 넣는 모습마저 사랑스러워 보였다면 난 이미 그녀의 매력에 쑤욱 빠진 건지도 모르겠다.

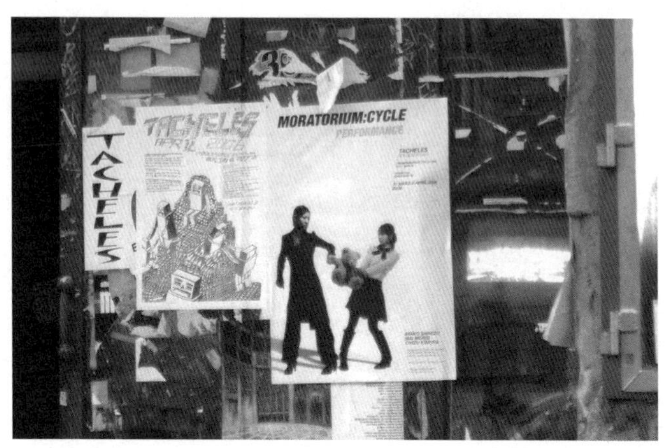

십 년 동안 메일을 주고받던 그녀에게 일방적으로 이별 아닌 이별을 통보하고 난 뒤 가만히 생각해보았다. 왜 그랬지? 내가 왜 그랬을까? 지난 십 년을 되돌아보건대 그녀와 내가 연인으로 발전할 가능성은 단 1퍼센트도 없었다. 그래서였을 것이다. 이제 지금쯤은 그녀를 위해서도 나를 위해서도 이렇게 서로를 위로하고 서로에게 기대는 건 그만하는 게 낫겠단 생각이 들었다. 서로 얼굴을 맞대고 위로해줄 수도 없는 사람, 클래식한 의미의 친구라 하기에도 애매하고, 그렇다고 연인으로 발전할 가능성이라곤 전혀 없는 남녀가 이메일을 주고받으며 서로에게 영원히 내 편이 되어줄 순 없단 생각이 들자 베를린에 와서 처음으로 외롭단 생각이 들었다. 원거리에서 보내는 편지, 꽤 낭만적이고 그럴듯해 보이는 익숙한 형식의 함정에 스스로 빠져서 어쩌면 직시해야 할 문제들을 회피하고 살아온 건 아니었나. 이메일을 주고받는 동안에는 몰랐던 진실이 불과 몇 번의 문자 덕분에 선명해졌던 거 같다. 그랬던 거 같다.

SOMA

보고도 못 본 영화

오래전, 서울 홍대 앞

전 세계 행위예술가들이 모여서 실험 예술제가 한창 개최되고 있었고 그날은 마침 100초 퍼포먼스가 열리는 날이었다. 제한된 시간 100초 안에 관객들에게 예술가의 메시지를 온몸으로 전달하는 배틀식 퍼포먼스 공연이 이어졌다. 현란한 몸동작, 온갖 도구와 작품을 이용한 기발한 퍼포먼스가 이어졌고 한 원로 예술인은 얼떨결에 무대로 불려 나와 100초 만에 짜장면 한 그릇을 뚝딱 해치우는 즉석 퍼포먼스를 선보여 박수를 받기도 했다. 하지만 역시 행사의 하이라이트는 따로 있었다.

성문화에 관한 한 한국은 아직도 참 미개한 나라다. 인터넷 사용률 전 세계 1위, 제로에 가까운 문맹률을 자랑하는 나라임에도 불구하고 성에 관한 한 철저한 은폐와 보수의 틀에서 벗어나지 못하고 있다. 공연장이건 영화 속 장면이건 알몸을 노출하는 건 여전히 금기다. 좀 더 정확히 표현하자면 알몸을 정면으로 노출하는 게 금기다. 예술적인 표현이라도 용납이 안 된다. 그나마 유일하게 드물게 용납되는 경우가 행위예술이다. 그것도 국내 행사보다는 국제적인 성격의 행사에서나 가능한 얘기다.

그날도 역시 공연자들 가운데 한 명이 알몸으로 무대에 등장했고 잠시 객석이 술렁거리더니 이내 쥐 죽은 듯 조용해졌다. 관객들은 하나같이 '난 지금 누군가의 알몸을 보고 있는 게 아니라 무척 난해하고 고상한 예술을 감상하고 있는 중'이란 표정으로 아주 진지하게 무대 위에서 다리를 쩍 벌리고 있는 행위예술가를 쳐다보기 시작했고 여기저기서 카메라 셔터 소리가 조용히 요동을 쳤다.

잠시 후, 퍼포먼스가 끝나고 나자 진행자가 마이크를 들고 무대 위에 나타났다. 촬영을 한 건 좋지만 SNS와 같이 공개적인 매체에는 절대 노출을 하지는 말아 달라는 절박하고 간곡한 멘트가 이어졌다.

136

얼마 전, 베를린

금요일 저녁, 베를린에서도 조금 외진 구역에 있는 주택가 안 골목의 조그만 갤러리에 유럽 여러 나라에서 모여든 페미니스트 예술가들이 빙 둘러앉아서 열띤 토론을 벌이고 있었다. 한쪽 벽에 걸려있는 모니터에서는 공연 영상과 텍스트가 계속 흘러나왔고 객석이 아예 없으나 나 같은 관객들은 창문 너머로 갤러리 안을 들여다보며 어떻게든 구경을 해야 하는 모양새였다. 친구가 얼마 전 갤러리를 오픈했단 소식을 듣고 처음 찾아가면서 대략 예상은 했지만 그래도 열 평은 넘을 줄 알았는데 막상 가보니 갤러리는 다섯 평이 조금 넘었다.

거리로 쏟아져 나온 인파들이 클럽과 음식점을 가득 메우고 있는 주말 저녁, 이렇게 베를린 시내 주택가에서는 여기저기 복병처럼 숨어있는 소규모 갤러리에서 크고 작은 전시회 오프닝 행사가 수도 없이 열린다. 아는 사람이 없으면 행사가 열린단 사실조차 알 도리가 없는데도 신기한 건 이런 갤러리마다 문을 열고 안으로 들어서면 발 디딜 틈 없이 사람들이 가득하다.

잠시 후, 참가자들의 토론회처럼 보이는 행사가 끝나고

나자 본공연이 시작됐다. 한 퍼포먼스 예술가가 기다란 막대기로 전시장 바닥을 뚫어버릴 것처럼 내리꽂으며 고함을 지른다. 그리고 잠시 후 입고 있던 웨딩드레스를 벗고 속옷을 벗는다. 알몸이 되어버린 퍼포머가 천천히 전시장 밖으로 걸어 나오더니 작은 철창 안에 몸을 구겨 넣고 조용한 주택가의 도로 한복판에 누워버린다. 여기저기서 카메라 플래시가 터지고 잠시 후 요란한 박수 소리와 함께 공연은 그렇게 끝이 났다.

사람들은 하나둘씩 맥주병을 들고 그제야 서로 인사를 하며 안부를 묻기 시작했고 공연을 마친 예술가들은 아무 일도 없었다는 듯 관객들 속으로 하나둘씩 끼어들었다.

* * *

피터 그리너웨이 감독의 영화 <요리사, 도둑, 그의 아내 그리고 그녀의 정부>는 인육을 먹는 극단적이고 그로테스크한 마지막 장면 하나만으로도 절대 잊지 못할 영화다. 화려한 연극무대를 병렬로 연결해놓은 듯 수평적인 촬영기법 역시 영화에서는 좀처럼 볼 수 없는 독특한 경험을 안겨준 영화로 기억한다. 영화를 가득 메운 음악 역시 처절하고 그래서 더 아름다웠던 영화.

대학원 시절, 종암동 옥탑방에서 유학을 몇 달 앞두고 하루에 두 편씩 쉬지 않고 영화를 보던 그 시기에 처음 이 영화를 볼 때만 해도 몇 달 뒤에 베를린에서 다시 보게 될 줄은 상상조차 하지 못했다.

마침내 어렵게 박사과정 등록 통지서를 받고 베를린에 도착한 지 일주일 뒤, 처음으로 학교를 찾아갔다. 그날은 마침 영화와 문학, 그리고 카니발리즘을 주제로 한 세미나가 있는 날이었다.

한창 수업이 진행 중인 강의실 문을 열고 살짝 들어섰더니 모두가 영화를 보는 중이었다. 불과 몇 달 전에 본 그 영화였다. 정부와 도둑의 아내가 요리사의 도움으로 쓰레기차에 몸을 숨기고 레스토랑을 탈출해 도서관으로 피신을 하는 장면이 흐르고 있었다. 그런데 잠시 후, 두 사람이 몸을 씻고 책이 가득 쌓인 서고 사이를 정면으로 천천히 걸어오는 장면을 보다가 난 잠시 현기증을 느꼈다. 그건 문화적 충격이었다. 그 장면은, 불과 몇 달 전에 내가 본 똑같은 영화 속에 없는 장면이었고 그제야 퍼즐이 맞아 들어가듯 영화를 온전하게 이해할 수 있었다. 이런 영화였구나. 그래, 어쩐지, 뭔가 좀 이상하더라.

<요리사, 도둑...>은 모자이크 처리를 하기에도 한계가 있는 영화였고 그래서 국내 개봉을 하고 비디오가 출시되면서 사정없이 필름이 잘려 나갔고, 중요한 장면들이 무차별하게 잘려 나간 비디오테이프로 영화를 본 내가 도무지 영화의 맥락을 이해하지 못한 건 어이가 없지만 당연한 얘기였다.

* * *

성문화에 관한 한 한국은 참 희한한 나라다. 성을 철저하게 상품화시켜서 성을 둘러싼 담론 자체를 희화화시키고 가치를 타락시킨다. 아이돌 걸그룹의 노출이 심하면 경고와 제재를 받지만 이미 네거티브 광고효과를 톡톡히 보고 난 뒤의 제재 조치는 왠지 짜고 치는 고스톱 같은 냄새가 난다.

이런저런 시상식 때마다 앞뒤가 훤하게 트인 롱드레스를 입고 레드카펫에서 한 번씩 꽈당 넘어져서 스캔들의 주인공이 되는 여배우들도, 시도 때도 없이 웃통을 벗고 초콜릿 복근을 보여주는 남자배우들도 마찬가지다. 성은 철저하게 상품화되고 소비되고 그렇게 거래된다. 거기까지다. 조금만 보여주고 크게 기사화하고 거기서 끝난다. 그 이상의 성에 대한 담론을 허하지 않는다. 그만큼 불순한 상상력만 더 커지고 음지에서 성문화가 발달하는 나라에서 <요리사, 도둑...> 같은 영화는 만들 수도, 심지어 남의 나라 영화를 온전하게 볼 수조차 없다.

아버지 구하기

중년에 접어들고 나니 주변 남자 열 명 중에 열한 명은 셋 중 한 가지에 빠져 산다. 매주 등산을 하거나, 틈만 나면 낚싯배를 타거나, 아니면 '운동'을 한다. 대학 동기들이 언제 한번 팀 짜서 운동이나 하자고 했을 때 머릿속으로 저게 축구일까 농구일까를 고민했던 나는 아직 제대로 중년이 되려면 멀었다. 그렇게 내 또래의 친구들이 건강을 생각하며 산으로, 바다로, 그리고 골프장으로 향한다. 나도 이제는 뭔가 좀 액션을 취해야 하는 건 아닌가 싶어서 여기저기 기웃거려보지만 한 가지만큼은 엄두도 내지 않는다. 아마 앞으로도 그럴 거 같다. '운동'에 다른 뜻이 들어있단 사실을 알게 된 뒤로 누군가 '어제 운동하셨습니까' 내지 '몇 개나 치십니까'라는 말만 해도 속으로는 치를 떤다. 이게 다 아버지

때문이다.

평생 운전기사로 일했던 아버지는 언제부턴가 배불뚝이 부장의 승용차를 몰았는데 그 무렵부터로 기억한다. 아버지는 늦은 밤 지친 얼굴로 들어와서 한 시간쯤 엄마에게 부장 욕을 하고 나서야 잠이 들었다. 그중 대부분은 부장이 골프를 치는 동안 밖에 차를 대놓고 몇 시간 동안 기다려야 했단 얘기였다. 아버지가 새벽에 불려 나가는 주말은 부장이 '운동'을 하는 날이었고 그래서 골프는 나에게 나쁜 운동이었고 운동이 아니었다.

* * *

이륙.

베를린발, 프라하를 경유하는 인천행 비행기를 탔다.

서울을 떠나올 때 일 년에 한 번은 휴가를 빌어서 무조건 병든 노모의 얼굴이라도 보기로 마음먹고 떠난 길이었고 그래서 첫 번째 약속을 지키려고 잠시 돌아가는 중이다. 하지만 엄밀한 의미에서 난 지금 아버지를 구하러 가는 길이다.

병든 노모는 내가 다녀가도 알지 못한다. 일 분만 지나도

30년 전에 죽은 당신의 부모만 찾는 노모는 내가 한국을 다시 떠나오면서 최소한 일 년에 한 번은 꼭 찾아오겠다고 당신과 약속을 했단 사실조차 기억하지 못한다. 노모는 여전히 내가 이태원에 살고 있고 시간을 쪼개서 엄마를 보러 인천에 내려왔다고 생각하고 기뻐한다. 그러다가도 요양원 소리만 나오면 죽어도 들어가기 싫다고 고함을 지르며 맨정신으로 돌아와서 온 가족의 진을 빼놓는다. 그 기운이 신기할 정도로 강하다. 비현실적일 만큼 강해서 결국 엄마를 돌보는 일은 엄마보다 더 늙고 노쇠한 아버지의 몫이 되어버렸다. 일 년에 일주일, 단 일주일만이라도 그 무거운 짐을 나눠서 지기로 마음먹고 베를린에 취직한 지 일 년도 채 안 돼서 다시 한국행 비행기에 올랐지만 과연 내가 얼마나 감당할 수 있을지는 솔직히 모르겠다.

떠나기 전에 월 마감을 미리 해놓고 오느라 무박 2일 40시간 넘게 쉬지 않고 컴퓨터를 들여다봤더니 안전벨트를 매기도 전에 죽을 듯 잠이 쏟아진다. 배도 고프다. 기내식이 나올 때까지 어떻게든 눈을 뜨고 버텨보려고 최신영화목록을 훑어 내려갔다. <세이빙 Mr. 뱅크스>? <라이언 일병 구하기>도 아니고, 뭐지?

영화 <세이빙 Mr. 뱅크스>는 소설 <메리 포핀스>가 월트 디즈니에 의해 동명의 영화로 제작되기까지의 숨은 뒷이야기와 일화를 다루고 있다. 월트 디즈니는 소설 <메리 포핀스>의 열혈팬인 두 딸을 위해서 이 소설을 영화로 제작해주겠다고 약속하지만 그 약속을 실현시키기까지는 무려 20년의 시간이 걸린다. 뮤지컬과 애니메이션을 극도로 싫어하는 작가 트래비스와 음악이 들어간 만화영화를 만들려는 디즈니 사이의 지난한 줄다리기 때문이었다고 한다. 결국 실사로 제작된 뮤지컬영화가 완성되고 관객석에 앉아서 영화를 보던 트래비스는 눈물을 흘릴 정도로 감동을 받는데….

원작 소설도 읽지 않았고 동명의 영화 <메리 포핀스>도 본 적이 없는 나 같은 사람이 졸음과의 사투를 벌이면서 흔들리는 비행기 안에서 감상하기에 이 영화는 최고로 불친절한 영화다. 나 같은 관객을 위한 배려가 전혀 없다. 줄거리에 대한 암시나 설명도 없고 그렇다고 월트 '디즈니'의 화려한 '랜드'를 보여주지도 않는다. 끊임없이 과거와 지금을 오가며 교차편집되는 장면들의 의미를 이해하는 데 한참이 걸렸던 건 내 IQ 부족 탓이라 쳐도, 제목이 왜 '메리 포핀스 어쩌고'가 아니라 '뱅크스 씨 구하기'인지를 깨닫는 데에도 너무 오랜 시간이 걸렸다. 그런데 영화가 후반부로 넘어가면서 조금씩 분위기를 이해하게 되고 제목의 의미를 비로소 깨닫고 나자 난 나도 모르게 고개를 끄덕이며 디즈니 씨와 트래비스 씨에게 동질감을 느끼고 있었다.

부와 명예를 아무리 많이 누려도, 나이 오십이 넘고 육십이 넘어도 아버지란 존재는 자식들에게 평생의 트라우마로 남는 모양이다. 트래비스는 소설 <메리 포핀스>에 녹아있는 그녀의 유년 시절 속 아버지의 모습을 떠올리며 계속 상처받고 영화로 각색되는 작품에 사사건건 시비를 건다. 월트 디즈니는 그런 트래비스를 설득하기 위해 자신의 아버지를 말하고 이제 그만 아버지로 인해 상처받지 말라고 한다. 그렇게 트래비스가 계약서에 사인을 하고 디즈니는 원하던 영화를 완성한다. 그리고 지나간 과거를, 과거 속의 아버지를 극복하기 위해 원작 속의 비극적인 결말은 영화에서 해피하게 마무리가 된다.

착륙.

아직 진행형으로 남아있는 현실과 마주할 시간이다. 디즈니와 트래비스와 달리 나에겐 아직 결말을 각색하지 않고도 바꿀 수 있는 시간이 남아있다. 그래서 어쩌면 언젠가는 트라우마 없이 친구들과 필드에 나설 수 있을지도 모른다. 그러기 위해서는 더 늦기 전에 아버지와 많은 얘기를 나눠야 한다. 물론 그래서 트라우마를 줄이고 없앤다 해도, 내가 정말 '운동'을 하게 될지, 그건 잘 모르겠다.

나는 무엇을 기억하는가?

십여 년 전, 인천

"사장님. 제가 그러니까 아주 오래전에 여길 왔었는데요. 그때 여기서 잡지 화보 촬영을 했었는데요, 그때 제가 사장님께 무리하게 부탁을 해서⋯."

유학 생활을 접고 베를린에서 서울로 돌아온 나는 가물에 콩 나듯 마지못해 인천을 찾았다. 그 사이에 두 번의 이사를 거친 부모님 댁은 내가 어려서 뛰어놀던 동네도, 고등학생 무렵 살았던 아파트도 아니었다. 인천은 내게 서울보다 더 낯선 도시였고, 부모님이 다른 도시로 이사를 했다면 어쩌면 더 이상 찾지 않았을지도 몰랐다. 그 도시 안에 나를 기억해주는 사람들도 더 이상 없었고 익숙한 건물 하나 남아있지 않았다.

명절 하루 전날, 인천에 내려와서 친구와 신포동에서 술을 마시던 중이었다. 그러다 아주 오래전, 독일 출국을 일주일 앞두고 찾았던 신포동 사거리 파출소 뒤편의 허름한 바가 생각났다.

설마 남아있을까, 그래도 가보자. 그렇게 술김에 객기를 부리며 어렵게 파출소를 찾아내고 기억을 더듬어 어둑하고 한적한 길로 들어섰는데, 다비드별 모양으로 구멍이 뚫린 출입구와 네온사인 글씨가 오래전 그날과 너무나 똑같아서 오히려 비현실적인 모습으로 눈에 들어왔다.

오래전 그날, 잡지사에 다니는 기자 후배에게 급하게 연락을 받았고 후배는 인천에서 화보 촬영을 해야 하는데 장소섭외가 안됐다고 했다. 급한 마음에 제일 먼저 생각난 사람이 인천 출신인 선배 나라고 했다. 마침 학교 앞 자취방을 정리하고 출국 준비를 하며 부모님 댁에서 지내던 참이었고, 그래서 이리저리 수소문을 해서 찾아낸 곳이 그 바였다. 다짜고짜 자초지종을 설명했더니 주인은 흔쾌히 허락을 했고 그렇게 바에서 촬영이 시작됐고, 월미도로 자리를 옮겨서 장작불을 피워놓고 추가촬영이 있었고, 화보에 필요한 사진들이 완성됐다. 그리고 일주일 뒤에 난 예정대로 서울을 떠났고 얼마 뒤 후배가 베를린으로 잡지를 보내줬다. 캄캄하고 허름한 바에서 자정이 넘도록 촬영한 8페이지 분량의 특집 화보 사진들은 잡지 안에서 가장 빛이 났다.

"알아요. 기억해요"

주인은 무심한 표정으로 대답했다. 주인은 8년 전 그날 있었던 모든 일을 기억했다. 내가 얼마나 애절하게 부탁을 했는지, 사진작가가 어느 위치에 모델을 앉혀놓고 세워놓고 어느 각도에서 사진을 찍었는지조차도 모두 다 기억하고 있었다.

그날 이후, 명절 때가 되어서 귀향을 하면 명절 이브에 친구와 바를 찾아갔다. 어떤 날은 맥주 다섯 병, 어떤 날은 양주 한 병을 비웠다. 다음날 부모님께 드리는 세배보다도 나에겐 그 허름한 바를 찾아가는 일이 더 중요하고 친숙한 의식이 되었다. 그곳에 앉아서 술을 마시고 있으면 비로소 고향에 온 기분이 들었다. 주인은 언제나 무표정한 얼굴로 우릴 맞아주었고 그렇게 십 년의 세월이 흐른 뒤 난 다시 베를린으로 돌아왔다.

* * *

한 달 전, 베를린

“오래전에, 여기 온 적이 있어요. 그렇죠?”

1년 전에도 심한 독감에 걸려서 끙끙 앓다 결국은 태어나서 처음으로 병원 응급실을 찾아간 적이 있었다. 그리고 정확히 1년 만에 내 몸이 다시 독감을 기억해 내고 받아들였단 사실이 아파 죽을 지경이면서도 그 와중에 참 신기했다. 이틀이 지나도 나을 기미가 보이지 않아서 결국 또 병원을 찾았다.

베를린에서는 드물게 한국인 의사가 있는 병원이었다. 그런데 의사 선생님이 90년대 말 유학 시절에 불과 두어 번 찾아온 적이 있는 나를 기억했다. 지난 세월 동안 어찌나 곱게 늙으셨는지 하마터면 그새 더 예뻐지셨다고 말할 뻔했지만 모른 척 말을 얼버무렸다. 나도 그녀를 기억하고 있었지만 말이 길어지면 어두운 터널 같은 그 시절이 떠오를까 봐 말을 아꼈다. 불확실한 미래와 끝이 보이지 않는 공부 때문에 온갖 신경성 질환을 끌어안고 살던 유학 시절의 내 모습을 기억하는 그녀가 고맙기도 하고 한편으론 부담스러웠다.

하지만 결국 항생제 주사를 링거로 맞으면서 난 그녀에게 내가 서울에서 살아온 지난 10년을 털어놓았다. 결국 직장인이 되어서 다시 베를린으로 돌아오기까지 그동안 어떻게 지내왔는지 침대에 누워서 시시콜콜 수다를 떨었다. 초로의 여의사는 고개를 끄덕이며 내 얘기를 들어주었고 베를린이 참 매력적인 도시라고 했다. 돌아오기를 참 잘했단 말을 하며 환하게 웃어주기도 했다.

주말 내내 침대 신세를 지고 나자 서서히 열이 떨어지기 시작했다. 어느새 새로운 한 주가 시작되고 있었다.

일주일 전, 구동독 지역의 도시로 향하는 열차 안,

달갑지 않은 사람을 만나서 내키지 않는 업무를 처리하고 와야 하는 출장이었다. 그 와중에 속으로는 여행 기분이 났고 가슴이 설렜다. 사랑하지만 헤어질 수밖에 없었던 그녀가 지금쯤은 어떤 모습을 하고 있을지, 궁금하면서도 한편으로는 마주하게 될 현실이 두려운, 뭐 그런 기분이었다. 지금 찾아가고 있는 그 도시에서 한 달을 보낸 적이 있다. 아주 오래전이었고 한여름의 서머스쿨이었다.

1992년 여름, 여전히 통일 후유증을 앓고 있던 도시에서는 밤마다 베트남 사람들이 나치즘을 추종하는 인종차별주의자들에게 테러를 당했고 거리는 온통 회색빛이었다. 은유적인 표현이 아니라 온 도시의 건물들이 정말로 회색빛을 띠고 있었다.

그런데 20여 년의 세월을 점프해서 다시 그 도시의 중앙역에 내리는 순간, 분당 신도시의 여느 쇼핑몰과 다를 바 없는 신도시가 나를 맞아주었다. 지난 시절의 모습은 어느 한 구석에서도 찾아볼 수 없었고 밝은 표정의 사람들이 친절하게 길을 안내해준다. 남편이 당 간부였는데 통일이 되는 바람에 실업자가 되어버렸다고 투덜거리던 여름학교의 여 선생도 더 이상 없었고 도시에는 활기가 넘쳤다. 약속 장소로 가기 위해 지하철역으로 내려갔다. 백 년의 역사가 넘은 베를린의 지하철과는 비교도 할 수 없는 최신형 전철에 올라타면서, 그나마 간신히 소환하려던 내 회색빛 기억들은 모두 사라져버리고 말았다.

KAPiTALiSMUS
schweinesystem.
Müßiggang

***

아카데미 최우수 영화상을 수상한 영화 <타인의 삶>은 구서독 출신 감독이 각본을 쓰고 직접 연출한 영화다. 감독은 어린 시절의 경험을 바탕으로 시나리오를 구상했다고 한다. 구서독의 도시 쾰른에서 태어나 뉴욕, 브뤼셀, 서베를린에서 자란 감독은 분단 시절 비밀경찰과 첩보원, 심지어 이웃집 주민들이 서로의 일상을 감시하던 암울한 구동독의 분위기를 재현하기 위해 수많은 고증을 거쳤다고 한다.

영화 <굿바이 레닌>의 감독 역시 구서독 출신이다. 감독은 희비극적인 드라마 속에 사회주의 붕괴 이후 통일 독일에 안착하지 못한 구동독인들의 이야기를 유머러스하게 풀어내며 아픈 역사를 기억한다.

당사자가 아닌 누군가가 타인의 삶을 기억해줄 때 그 기억은 더욱 온전해지는 걸까. 내가 들춰내고 싶지 않은 시절을 온전하게 기억해준 여의사를 만나서 결국 아프고 힘들었던 기억과 비로소 화해했듯, 구동독 출신인 사람들도 두 영화를 보며 지난 시절을 비로소 추억했을까?

그래서 나는, 정작 나는 무엇을, 누구를 기억하고 있을까?

Zugang nur nu
Grenzübergang
für Westberli

Friedrichstraße Station: border crossing, pass agreement, 1972
Grenzübergang Bhf. Friedrichstraße, Passierscheinabkommen, 1972
ullstein bild, dpa

Warschauer Straße
Warschauer Straße
H&M

약속

내가 알지 못하는 베를린의 2년 전 봄에는 눈이 내렸다고 했다. 4월 중순에 기상이변으로 눈이 펑펑 내렸다고 했다. 그래서 혹시나 하는 마음에 미룬 탓도 있지만 그보단 일이 너무 많아서 짬을 내지 못하다 엊그제야 겨우 자동차 타이어를 여름용으로 교체하려고 정비소에 들렀다.

사무실에서 멀지 않은 정비소에 들르던 그날은 마침 정비소 앞마당에 기상이변으로 인한 함박눈 대신 하얀 벚꽃눈이 흐드러지게 내리고 있었다.

차를 맡겨놓고 터벅터벅 걸어서 전철역으로 향했다. 전철역에서 사무실까지는 두 정거장이지만 난 일초도 망설이지 않고 표를 샀다. 2유로 60센트, 우리 돈으로 4천 원. 불과 5분밖에 안 되는 거리를 전철로 이동하기에는 턱없이 비싼 돈이지만 당연하다고 생각하면 그게 또 당연하게 느껴진다.

독일에서는 대중교통을 이용할 때 차표 검사를 하지 않는다. 카드를 대면 문이 열리는 차단막 같은 것도 없다. 지하철을 탈 때도 내릴 때도 차단막이 없으니 어떨 땐 슬쩍 나쁜 마음이 들기도 한다. 어차피 금방 내릴 텐데 뭐 그냥 탈까?

그렇다고 무임승차 얌체족을 단속하는 시스템이 전혀 없는 건 물론 아니다. 가끔씩 불시에 검문을 한다. 일반인처럼 전철에 타고 있다가 출발을 하는 순간 "기차표 검사합니다." 라고 외치며 검문을 하는 단속반이 있다. 하지만 단속반의 수는 분명 한계가 있고 베를린 시내를 오가는 수많은 지하철 가운데 하필이면 내가 타고 있는 지하철 몇 호선의 몇 번째 차량에서 단속반을 만날 가능성은 수천수만분의 1이다. 그래서 많은 사람들이 무임승차를 하고 심지어 그걸 스릴처럼 즐기는 사람들도 있다. 부끄러운 얘기지만 그중에는 한국에서 온 배낭여행객들도 꽤 많다.

지하철 공사에서 정기적으로 무임승차족에 대한 통계자료를 발표하기도 하는데 보통 무임승차를 하다 적발돼서 60유로, 우리 돈으로 8만 원쯤 되는 범칙금을 내는 사람들은

승객들 가운데 10퍼센트 내외다. 그런데 그 가운데 대부분이 외국인과 여행객들이고 독일 사람들은 많지 않다. 단속을 하건 안 하건 정해진 규칙은 지켜야 한다고 생각하는 사람들이 독일인이고 그렇기 때문에 이런 시스템이 가능한 걸까.

잠시 그런 생각을 해본 적이 있다. 만약에 서울에도 이런 시스템을 도입한다면 어떨까? 그러면 바쁜 출근 시간에 지갑을 열고 교통카드를 꺼내서 차단기 위에 올려놓고 삐 소리가 날 때까지 기다렸다가 차단막이 없어지면 달려 들어가 서로 몸을 밀치며 플랫폼으로 막 들어오는 지하철을 향해 정신없이 달려갈 필요가 없을 텐데 얼마나 편리할까. 서로가 약속을 지키기만 하면 되는 일인데 그럴 수는 없는 걸까?

하지만 다음 순간 이런저런 이유로 표를 못 샀다고 변명을 하는 사람들과 단속반조차 사람들 틈바구니에 끼어서 꼼짝 못하는 상황들이 눈앞에 선하게 그려졌다. 국민성도 역시 상황에 따라 만들어지는 건 아닐까 하는 생각도 들었다. 도시 면적은 서울의 1.5배에 달하지만 인구는 370만 정도인 베를린이라서 이런 시스템이 가능한 건 아닐까. 인구 천만이 넘는 도시에서 날마다 발 디딜 틈 없는 지옥철을 타게 되면 독일 사람들도 슬쩍 무임승차를 하지 않을까?

그날 저녁,

퇴근을 해서 티브이를 틀어놓고 옷을 갈아입는데 난데없이 독일 TV에서 한국에 관한 뉴스가 흘러나온다. 커다란 배가 뒤집혀있고 수백 명의 사람들이 실종되었다고 했다. 일곱 시간의 시차와 5천 마일이 넘는 거리 때문만은 아니었다. 도무지 현실감이 느껴지지 않아서 멍하게 TV 화면을 바라보다 인터넷을 검색했다. 배를 타고 수학여행을 가던 고등학생들과 일반인들이 실종됐고, 구조된 사람들은 절반이 안 되고, 선장은 먼저 배를 빠져나갔고….

온 나라를 발칵 뒤집어 놓는 대형 참사가 벌어졌단 사실을 그제야 깨닫고 잠시 넋이 나간 사람처럼 앉아있었다.

그 와중에 대형 선박의 침몰을 소재로 한 <타이타닉>같은 영화를 들먹이는 기사까지 판을 치는 건 역겨워서 무시해버렸지만 움직이지 말고 자리를 지키라는 안내방송을 가장 잘 지킨 학생들이 그래서 갑판으로 피신하지 않았고 그래서 더 많이 희생되었단 대목에서는 목이 메고 말았다. 그리고 그 순간 생뚱맞게도 나는 어느 영화 속 한 장면을 떠올렸다.

* * *

<순류역류>는 서극 감독의 영화 중에서도 딱히 수작이라 할 수 없는 영화다. 현란한 액션신에 비해 산만한 스토리 전개 때문에 집중도 역시 크게 떨어진다. 그런데도 오래전에 본 이 영화를 내가 그 순간 기억해낸 건 단 한 장면 때문이었다.

어느 쪽이 악당인지는 모르지만 남자는 상대와 한창 싸움을 벌이고 있었는데 정확히 기억은 나지 않지만 남자의 부인은 아팠다. 그래서 병원에 있는 부인에게 남자가 싸우다 말고 전화로 이렇게 말한다.

"내가 돌아갈 때까지 꼼짝 말고 기다려."

여자는 남자가 돌아올 때까지 병원 대기실 의자에 앉아서 기다린다. 불과 3미터 앞에서 간호사가 제발 약만 좀 받아 가라고 고래고래 고함을 지르지만 여자는 꼼짝도 하지 않는다. 마침내 남자가 돌아오자 여자는 그제야 자리에서 일어났던가.

영화를 보면서 여자가 한없이 사랑스러워 보였다. 심지어 저런 여자를 만나고 싶단 생각도 해봤다. 하지만 지금은 어른들의 말을 믿고 우직하게 그 자리를 지켰을 아이들을 생각하면서 자꾸만 목이 메었다.

너와 내가 정한 약속을 지켜서 좀 더 편리하게 시스템을 유지하려는 독일인의 사고는 유연하고 관대하다. 하지만 그 약속을 어긴 사람에 대한 처벌은 냉혹하다. 규칙을 지키면 그만큼 편리하지만 지키지 않으면 피해를 보는 나라 독일에서 살다 보니 이상한 어른들이 정한 말도 안 되는 약속을 지키다 어이없게 희생당한 아이들이 더 안쓰럽다. 안쓰럽고 억울해서 도무지 잠이 오지 않는다.

2014년 4월

Welcome to
LVT

위로의 시간

4강전, 독일 vs 브라질

방한 취재를 준비하고 있는 독일 기자를 업무상 지원해줄 일이 있어 함께 저녁 식사를 하며 미팅을 마치고 음식점을 막 나서던 참이었다. 골목길 어디선가 요란한 함성이 터져 나온다.

으흠. 첫 골이 터졌군. 근데 10시 10분? 너무 빠르잖아.

돌아오는 길에 슈패티 앞에 차를 세우고 맥주를 사러 들어갔다. 운전 때문에 저녁 내내 시원한 맥주를 겨우 한 모금 마시면서 버텼더니 갈증이 나서 한 박스라도 마실 수 있을 것 같다.

슈패티(Späti)는 우리 식으로 말하면 편의점이다. 야간

판매점(슈패트 페어카우프스슈텔레, Spätverkaufsstelle)을 줄여서 슈패트카우프(Spätkauf), 슈패트페어카우프(Spätverkauf), 실제로는 보통 더 줄여서 슈패티라고 부르는데 베를린과 드레스덴, 라이프치히 같은 구동독의 도시에서 상점이 문을 열지 않는 시간에 1950년대부터 운영되던 소규모 상점을 부르는 말이라고 한다. 이후 동서독이 통일되면서 슈패티는 서베를린 지역에도 생겨났다. 하지만 슈패티에서 파는 품목은 우리나라의 편의점에 비하면 민망한 수준이다. 음료수, 맥주, 담배, 초콜릿과 아주 약간의 생필품이 전부다. 슈패티는 주로 야간작업을 하는 공장 노동자들이 밤늦은 시간에 애용하던 구동독의 전형적인 문화 가운데 하나였고 지금처럼 늦은 시간에 맥주 몇 병 사려고 밤길을 헤매는

나 같은 사람들에게 사막의 오아시스 같은 곳이다.

"아직도 1 대 0? 독일이 한 골 넣은 거 맞지?"

무료한 얼굴로 카운터를 지키고 있던 주인에게 물었다.

"5 대 0"

"에이, 장난치지 말고."

내가 계속 못 믿겠다고 억지를 부렸더니 주인이 한심하다는 듯 카운터 뒤에 있는 골방으로 날 데려간다. 12인치쯤 되는 작은 텔레비전 수상기에 흐릿하게 화면이 나온다. 5 대 0.

"자, 봐. 맞지."

열 시 사십 분. 전반전이 거의 끝나가고 있다.

거참, 말이 돼? 월드컵 준결승전인데 5 대 0이란 스코어가 말이 돼?

정신 나간 사람처럼 중얼거리며 집에 들어오니 어느새 전반전이 끝나고 뉴스가 흘러나오고 있다.

독일의 공영방송에서는 월드컵 기간 내내 전반전 중계가 끝나면 후반전 시작 전까지 뉴스가 나간다. 축구 얘기는 안 하고 예민한 국제정세나 독일 정치 현안에 관한 보도가 대부분이다. 마침 팔레스타인 분쟁에 대한 뉴스가 나오고 있다. 심지어 오늘 같은 날조차도 이 시간에 앵커가 차분하게 뉴스를 진행한다. 5 대 0인데? 브라질을 상대로 독일이 5 대 0으로 이기고 있는데?

독일은 그런 나라다. 유럽 선진국 문화에 대한 사대주의적 발언이 아니라 독일이 그냥 그런 나라다. 기자는 아무리 월드컵이라도, 4강전 전반전에 다섯 골이 터져도 보도해야 할 걸 보도하고, 축구선수는 배운 대로 정석대로 열심히 공을 찬다. 그냥 각자 해야 할 역할을 다한다. 원칙대로 한다. 축구 경기 역시 공영 방송국 두 군데에서 사이좋게 교대로 중계한다. 채널을 아무리 돌려도 똑같은 축구 경기만 보게 되는 일은 없다.

문득 그런 생각이 들었다. 만일 우리가 32강전에서 전반전에 두 골쯤 넣고 마감을 했다면 어땠을까? 공중파 종편 가리지 않고 아마 난리를 치고 있겠지. 심지어 2002년의 4강 신화가 재현될 조짐이 보인다고 호들갑을 떨고 있지는 않았을까?

독일 vs 아르헨티나 결승전은,

한 마디로 명승부였다. 전·후반전 내내 한 골도 터지지 않는데 경기가 지루하지 않았다고 말할 수 있는 경우는 흔치 않지만 그런 경우였다. 지루하지가 않았다. 팽팽한 접전 끝에 후반전이 끝나고 다시 연장전. 마침내 결승골이 터지고 경기가 종료되는 순간 창밖에서 폭죽이 터지기 시작한다. 발코니에서 바라보니 멀리 포츠담 광장 쪽에서 축포가 쉴 새 없이 솟아오르고 있다. 독일이 월드컵 대회에서 60년 만에 우승을 했다.

1954년 7월 4일, 독일 vs 헝가리전

사실은 26년이다. 26년 만에 월드컵 대회에서 네 번째로 독일이 우승을 했지만 내가 기억하는 독일의 또 다른 우승은 '베른의 기적' 뿐이다. '베른의 기적'은 동명의 영화가 만들어지기 훨씬 전부터 통용되던 말이다. 제2차 세계대전 종전 후 9년 만에 전쟁의 폐허를 딛고 일어선 독일이 처음으로 다시 세상 사람들 앞에 나섰고 당시 최강팀이던 헝가리를 꺾고 우승을 하자 사람들은 그걸 '베른의 기적'이라고 불렀다.

영화 <베른의 기적>은 시골 마을에 사는 소년 마테스의 시각으로 당시를 기억한다. 전쟁포로로 러시아에 붙잡혀 있던 아버지가 12년 만에 집으로 돌아오지만 세월의 간극과 전쟁의 악몽을 떨쳐버리지 못한 아버지는 가족과 불화를 일으킨다. 열세 살 소년 마테스는 같은 마을의 축구선수 란의 가방을 들어주고 볼보이를 하면서 그를 보스처럼 아버지처럼 따른다. 그게 못마땅한 아버지는 마테스를 괴롭히고, 월드컵이 시작되면서 란은 스위스로 떠나는데….

다큐멘터리가 아닌 극영화 <베른의 기적>은 아쉽게도 기적 같은 스토리를 기적적으로 풀어내지 못한다. 제프 헤르베르거 감독과 서른네 살의 노병 프릿츠 발터의 동화 같은 실화도 맛깔나게 살려내지 못한다. 모두가 욕하고 멸시하던 프릿츠 발터와 함께 기적을 이뤄낸 과정을 그저 밋밋한 톤으로 재생하고 있다. 영화보다 생생한 그날의 기록은 오히려 오래전에 읽었던 어느 책 속에 생생하게 담겨있다. TV조차 귀했던 당시의 그 장면을 책에서처럼 차라리 이렇게 생동감 있게 묘사했다면 영화는 더 감동적이지 않았을까?

"당시에 저는 열아홉 살이었는데, 쾨니히스빈터에서 전차를 타고 가던 중이었습니다. 우리가 뤼데스하임 근처에 있는 건널목을 지나갈 때쯤이었습니다. 건널목에 있는 철도원이 '1-0으로 헝가리 리드'라고 적인 팻말을 들고 있었지요.

HUGO

그리고 다시 몇 킬로미터를 가다가 이번에는 2-0이라고 적힌 팻말을 보았습니다. 전차 안은 순식간에 쥐 죽은 듯 조용해졌습니다."

역시 영화에는 묘사되지 않았지만 60년 전의 그날 아찔한 장면도 있었다. 독일이 3 대 2로 기적 같은 역전승을 하고 당시 서독의 국가가 연주되던 순간, 3만 명의 독일 관중들이 갑자기 나치 시절의 "도이칠란트여 영원하라!"를 합창하기 시작한 것이다. 당황한 스위스 사람들은 9년 전의 악몽을 떠올리며 방송을 중단했다고 한다. 아무튼 독일 선수들은 금의환향했고 독일 사람들은 축구를 통해 위로를 받았다. 많은 사람들은 그제야 우리도 뭔가 할 수 있다는 희망을 얻었고 때는 마침 독일이 경제부흥을 시작하던 시기였다. 하지만 우려의 목소리도 컸다. 그깟 월드컵 우승으로 나치 과거를 사살해버릴 수는 없다고 일갈한 시인도 있었다. 그래도 당시 독일 국민들에게는 위로가 필요했고 적어도 그 순간만큼은 분명 위로의 순간이었다. 영화 속에서는 섬세하게 표현되지 못했지만 베른의 기적은 그런 기적이었다.

2014년 7월 15일, 베를린

아침부터 날씨가 화창하다. 오늘은 독일 국가대표 축구팀의 월드컵 우승을 축하하는 날이다. 출근길에 마주치는 사람들이 손에 손에 작은 독일 국기를 들고 회사가 아닌 브란덴부르크 문으로 몰려가고 있다. 정오쯤에는 성대한 환영 파티가 열린다고 한다. 더 이상 월드컵 우승을 통해 위로받을 필요가 없는 독일 사람들이, 누군가의 생일을 축하하듯 우승을 즐기기 위해 아침 일찍부터 경쾌한 발걸음을 옮기고 있었다.

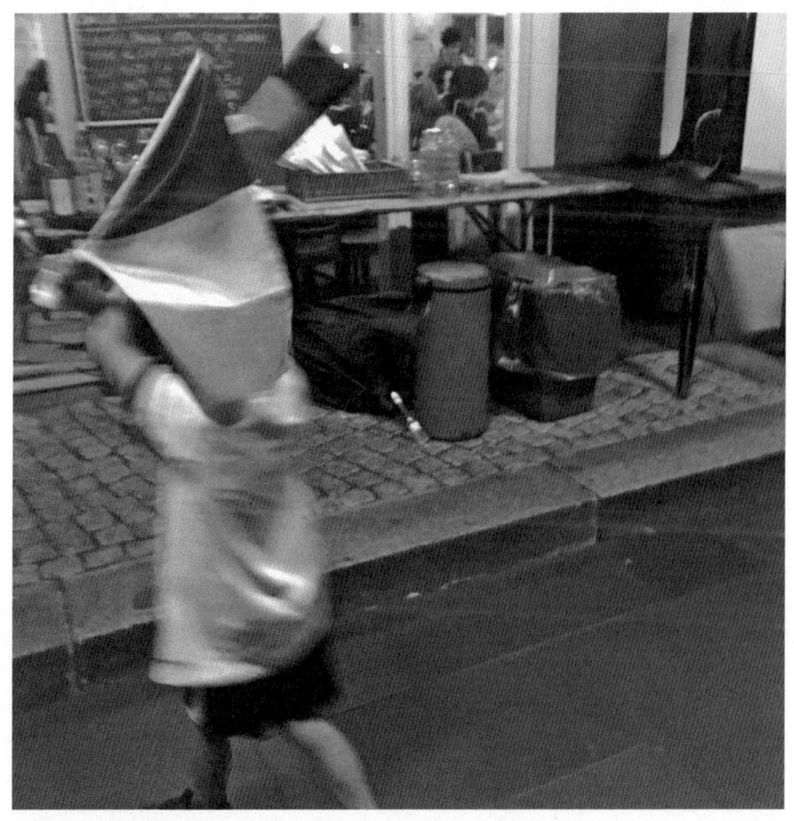

농담

작가는 베를린이 처음이라고 했다.

100여 명의 독일 청중 앞에서 작가는 소설 속에서 아버지가 어머니를 안기 위해 달동네 꼭대기에서 약국이 있는 시내까지 한걸음에 달려가는 대목을 한국어로 읽어 내려갔다. 끝내 잠자리를 거부하던 엄마는 피임을 전제로 마침내 잠자리를 허락했고 그러자 아버지가 미친 듯이 피임약을 사러 뛰쳐나가는 대목이었다.

작가의 낭독이 끝나고 전문 낭독자가 독일어로 같은 대목을 다시 읽었다. 피임약의 복용법도 모르는 엄마가 아버지의 말대로 한 번에 두 알씩 삼키다 소설 속 화자인 주인공을 낳게 된 대목에 이르자 여기저기서 실소가 터져 나왔다. 아직도 소년처럼 앳된 얼굴을 하고 있는 작가가 차분하면서도 장난기 어린 눈망울로 강당을 가득 채운 독일 청중들을 천천히 둘러보았다.

낭독이 끝나고 독자와의 대화 시간. 여기저기서 이런저런 질문이 터져 나왔고, 그러다 누군가 작가에게 말했다. 사실은 참 진지할 수도 있는 주제를 이렇게 경쾌한 문체로 풀어낼 수 있는 힘이 놀랍다고 했다. 그러자 작가가 말했다. 나의 농담은 선배들의 진지함에 빚을 지고 있다고 했다.

2014년 가을,

프랑크푸르트 도서전을 앞두고 김애란 작가의 <달려라 아비> 독일어 번역본이 출간됐고 그걸 계기로 작가가 도서전에서 작가 낭독회를 가졌다. 그리고 내친김에 베를린으로 넘어와서 다시 한 번 작가 낭독회 행사를 열었다.

낭독회가 끝난 뒤 뒤풀이 자리에서 난 김애란 작가에게 '농담'에 관한 이야기를 꺼냈다. '나의 농담은 선배들의 진지함에 빚지고 있단' 말이 참 인상적이었다고 하자, 오늘 이 자리의 주인공이 본인이란 사실엔 전혀 관심 없이 차분하게 맥주 한 잔을 홀짝이던 그녀가 입을 열었다.

그녀는 미처 농담을 할 여유가 없었던, 늘 진지하고 심각한 문체로 심각한 문제에 대해 진지한 직설법으로 말할 수밖에 없었던 선배 작가들에게, 80년대를 진지하게 살 수밖에 없었던 그분들에게 고맙고 미안하다고 했다. 그리고 난 그녀의 말을 왠지 백 퍼센트 믿고 싶었다.

그녀는 베를린을 둘러보지도 못한 채 다음 일정 때문에 서둘러서 베를린을 떠났고 난 베를린이 얼마나 농담 같은 도시인지 미처 제대로 보여주지도 못한 게 못내 아쉬웠다. 그리고 며칠 뒤, 해외동포들을 위한 인터넷 방송 사이트에서 그녀의 다른 소설을 원작으로 한 영화 <두근두근 내 인생>을 우연히 보게 되었다.

* * *

<두근두근 내 인생>은 열일곱 살 철없는 나이에 덜컥 임신을 하고 아이를 낳게 된 부모와 그 사이에서 태어난 아이 아름이가 다시 열일곱 살이 되는 시점에서 시작한다. 보통 사람들보다 훨씬 빠른 속도로 늙어가는 조로병에 걸린 아름이는 첫 장면부터 이미 백발노인의 모습을 하고 있다. 죽음을 목전에 둔 아이가 차분하게 농담을 한다. 부모 걱정을 하는 아이가 때론 부모보다 더 어른스럽다. 한때 헛발왕자로 불리는 태권도 선수였던 아빠는 아름이를 놀리는 고딩들과

created by

ELECTRIC MONDAY

DEEP HOUSE | TECHNO | MINIMAL | BREAKBEATZ | ELECTRO

EVERY MONDAY AT TRESOR / GLOBUS FLOOR

FRANKIE FLOWERZ, RICARDO RODRIGUEZ & GUESTS

FREMDVERANSTALTUNG @ TRESOR

10179 Berlin | U 8 Heinrich-Heine Str. | Einlass ab 18 | tresorberlin.com

ARNOLD

VOIGT

LOKEE MUSIK

맞짱을 떴다가 보기 좋게 얻어맞고, 소싯적 부모 앞에서도 쌍욕을 해대던 엄마의 입에서는 어느 순간 욕설이 튀어나오기도 한다. 잘못 보면 지극히 평범하고 코믹한 영화로 착각할 만한 대목이 많지만 이 영화는 주인공의 죽음이라는 결말을 담보로 흘러가는 영화가 맞다. 그런데 슬프면서도 슬프지가 않다. 물론 영화가 후반부로 갈수록 슬퍼지는 건 어쩔 수 없다 쳐도 처음부터 눈물을 짜내지 않는 것만으로도 신선하다. 뻔한 신파극보다 진화된 멜로영화여서 좋다. 그리고 그건 선배들에게 미안한 마음을 가지고 있으면서도 농담을 할 줄 아는 원작자의 글의 힘이고 문체의 힘이다.

* * *

베를린은 농담 같은 도시다. "여러분. 저는 동성애자입니다. 그리고 전 지금 이대로가 좋습니다"라고 동료 의원들에게 마이크를 들고 커밍아웃을 했던 남자는 얼마 후 베를린 시장으로 당선이 되었고 이후 두 번이나 연임에 성공하며 13년간 시장 자리를 지켰다. 우리로선 상상도 못할 일이다. 여성 총리는 월드컵에서 독일이 우승을 하자 땀 냄새 진동하는 라커룸을 찾아가 웃통을 훌떡 벗은 선수들과 아무렇지 않게 셀카와 단체사진을 찍으며 월드컵 우승을 즐겼다. 편견이 없는 세상, 관료주의와 허례허식이 없는 세상은 농담을 할 줄 아는 여유에서 비롯되는 건 아닐까.

베를린에서 운전을 하면서 경적을 울리며 빵빵거리는 뒤차에 떠밀려 본 적이 거의 없다. 차선을 바꾸려고 깜빡이를 켰다가 결국 못 끼어들고 엉뚱한 길로 들어서 본 기억도 거의 없다. 내가 큰 실수를 하지 않는 이상 사람들은 기다려주고 양보해주고 그렇게 같이 간다. 물론 이런 여유가 그냥 주어지는 건 아니다. 서울보다 도시 면적이 1.5배인 베를린의 인구는 겨우 370만이다. 유럽경제를 먹여 살릴만한 여유도 있는 독일은 심지어 정치환경도 우리와 많이 다르다. 필요하다면 야당과 여당이 사이좋게 연정을 구성하는 나라다. 그러니 농담 같은 일들이 가능한 건지도 모른다. 우리에겐 아직 여러모로 농담을 즐길만한 여유가 없다. 그래서 그 와중에도 슬픔을 농담처럼 풀어내고 그래서 더 슬프게 만드는 작가의 힘이 남다르게 느껴진다. 그래서 작가는 불과 이틀을 머물다 떠나면서도 왠지 여기가 편하단 말을 했는지 모르겠다.

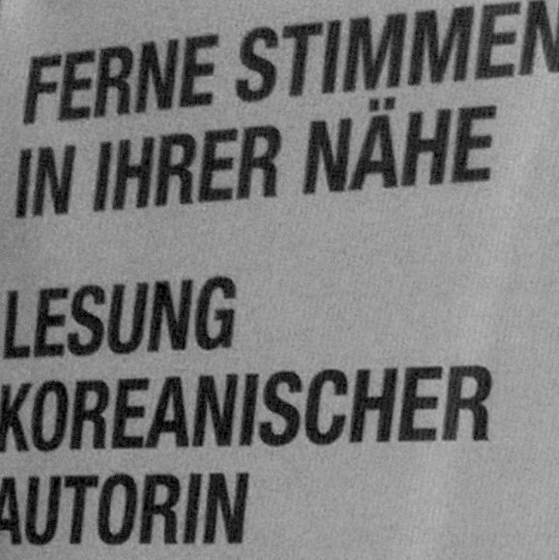
FERNE STIMMEN
IN IHRER NÄHE
LESUNG
KOREANISCHER
AUTORIN
AE-RAN KIM
LAUF, VATER, LAUF
CASS, 2014
SAMSTAG, 11. OKTOBER UM 15:30
EVANGELISCHE AKADEMIE
RÖMERBERG 9, 60311 FRANKFURT AM MAIN

천만 관객 영화

베를린 국제영화제 기자회견장. 듬성듬성 자리를 메운 외국 기자들이 잡담을 나누고 있었다. 잠시 후 포토콜을 마친 감독과 주연 배우가 등장하자 여기저기서 다시 한번 카메라 플래시가 터졌다. 기자회견이 시작되자 감독은 이 영화가 평생 죽도록 일만 하다 돌아가신 아버지 세대에게 바치는 헌사라고 말문을 열었고 그러자 간간이 질문이 나왔다. 전쟁과 분단, 전쟁을 체험한 세대와 전후 세대에 대한 그렇고 그런 얘기가 이어졌지만 그렇다고 특별히 영화에 대한 진지한 질문이나 답변이 오간 건 아니었다.

예측 가능한 평범한 질문과 모범답안 같은 감독의 답변이 이어지다 드디어 마지막 질문을 받을 차례가 되자 한 기자가 주연 여배우에게 물었다. 할리우드에서 드라마 활동을 하는 것과 한국에서 이런 인디영화 작업을 하는 것 중 어느 쪽을 더 선호하는가. 그러자 여배우는 유창한 영어로 이렇게 대답했다.

<국제시장>은 인디영화가 아닙니다. 그리고 한국의 영화시장 규모도 만만치 않습니다.

그랬다. 박찬욱, 홍상수 같은 이름에 익숙한 외국 관객들은 한국 영화가 전부 작가주의 영화라 생각하고 있었고 심지어 독립영화라고 생각하는 사람도 많았다. 누적 관객 수 1,300만 명을 넘긴 영화를 독립영화로 알고 있는 어느 외국인 기자에게 한국의 영화시장 규모가 크다고 굳이 설명을 해야만 하는 월드 스타 한국인 여배우의 심정은 어땠을까?

2015년 제65회 베를린 국제영화제가 중반을 넘기고 있다. 지난해 경쟁부문 개막작이었던 <그랜드 부다페스트 호텔>이 이후 타임지가 뽑은 올해의 영화 1위, 아카데미 영화 수상 후보로 노미네이트되며 성공을 거두자 금년 개막작에 대한 관심도 그만큼 더 컸다. 올해 개막작 <노바디 원츠 더 나이트>는 화려한 비주얼과 독특한 구성으로 많은 볼거리를 주었던 <그랜드 부다페스트 호텔>과는 정반대되는 영화다. 이자벨 코이젯트 감독, 줄리엣 비노쉬 주연의 영화

5. BERLIN
RETROSPEKTIVE
PERSPEKTIVE DEUTSCHES KINO
BERLINALE SHORTS
FORUM EXPANDED
GENERATION
BERLINALE SPECIAL
PANORAMA
FORUM
WORLD CINEMA FUND
WETTBEWERB
BERLINALE TALENTS
EUROPEAN FILM MARKET/CO-PRODUCTION MARKET
CULINARY CINEMA
NATIVE
BERLINALE
65

-15 FEB 2015
HOMMAGE
CULINARY CINEMA
NATIVE
EUROPEAN FILM MARKET/CO-PRODUCTION MARKET
BERLINALE TALENTS
WORLD CINEMA FUND
PERSPEKTIVE DEUTSCHES KINO
BERLINALE SHORTS
RETROSPEKTIVE
BERLINALE CLASSICS
WETTBEWERB
BERLINALE SPECIAL
PANORAMA
FORUM
FORUM EXPANDED
GENERATION
BERLINALE
65th

<노바디 원츠 더 나이트>는 실화를 바탕으로 모험가인 남편을 만나기 위해 한 여인이 북극으로 향하는 긴 여정과 극적 반전을 다루고 있다. 인내심을 가지고 보다 보면 중반부를 넘어서 충분히 기다린 시간을 보상받을 수 있는 영화인 것만은 분명하다. 우리나라 영화가 지난해에 이어 금년에도 경쟁부문 진출에 실패하면서 결국 가장 주목받은 영화는 파노라마 부분에 초청된 <국제시장>이었다. 더구나 영화 속 주인공들이 파독 광부와 간호사이다 보니 현지의 관심은 그만큼 더 클 수밖에 없었다.

세계 어느 나라를 가도 한인사회가 형성되어 있지만 그중에서도 독일의 한인사회는 고유한 역사적 배경을 가지고 있다. 60년대와 70년대 파독 광부·간호사로 왔다가 한국으로 돌아가지 않고 독일에 정착한 교민들이 한인사회를 형성하고 있고 그중 상당수가 베를린에 살고 있다. 영화 <국제시장>에서 이산가족 찾기, 베트남전과 함께 가장 큰 비중을 가지고 있는 부분이 파독 광부와 간호사 이야기였으니 그 당사자들과 나란히 앉아서 영화를 관람해야 하는 감독의 심정은 어떨지가 문득 궁금했다.

베를린 시내의 한 극장,

영화가 끝나고 엔딩 크레딧이 올라가는 동안 자리를 뜨는 사람은 별로 없었다. 간혹 다음 영화를 보러 가기 위해 서둘러 자리를 뜨는 외국인 기자들이 있었지만 영화 속 실제 주인공인 파독 광부·간호사 출신 교민들은 불이 켜지고 감독과의 대화가 이어질 때까지 계속 자리를 지켰다. 하지만 예상했던 질문이나 감정에 복받친 칭찬은 쏟아지지 않았다. 간혹 한국에 대해 전혀 모르는 외국인 관객들이 한국전쟁과 분단, 파독 광부와 간호사 이야기에 관심을 보이며 질문을 했고 한국의 가족문화에 대해 이런저런 걸 물었지만 정작 교민들은 침묵했다. 당시 서독에 파견되었던 광부·간호사들 가운데 60퍼센트 정도가 덕수와 영자처럼 귀국하지 않고 독일에 남거나 아니면 제3국으로 이주했다고 한다. 주변에서 만나는 교민들 가운데 광부와 간호사가 덕수와 영자처럼 결혼해서 사는 경우는 많지 않다. 문득 궁금해졌다. 흥남철수, 베트남전, 파독 광부·간호사라는 실화를 바탕으로 한 이 영화 속 에피소드 가운데 진짜는 과연 몇 장면이나 될까? 덕수가 무너진 탄광에 갇혔다가 "죽어도 죽지 마!"라며 오열하는 영자에게 감동받은 한국인 동료들의 도움으로 살아 돌아온 이야기는 실화를 취재해서 만든 장면이었을까?

인구 5천만 가운데 1천만 명 이상이 본 영화라면 대단한 영화인 건 분명하다. 하지만 작품성이나 완성도만으로 전 국민 가운데 5분의 1을 극장으로 끌어들이지는 못한다. 그러려면 전 국민 남녀노소에게 눈높이를 맞추기 위해 때론 억지스런 재미도 끼워 넣어야 할 것이다. 그래서였을까. 비단 파독 광부·간호사 얘기뿐 아니라 영화 <국제시장> 안에는 부실공사의 흔적이 곳곳에 보인다. 깨알 같은 재미를 위해 삽입된 장면들도 영화 <포레스트 검프>에서처럼 치밀하고 뻔뻔하지 못하다. 때아닌 이념논쟁으로 더욱 화제가 된 영화, 최근 들어 아버지를 주제로 한 영화가 붐을 이루고 있다는 꿰맞추기식 여론을 등에 업고(사실 백 년 전부터 이미 영화뿐 아니라 모든 예술의 주제는 언제나 사랑, 가족, 아버지 등등이었다) 성공한 영화 <국제시장>은 그래서 감동적이지만 충분히 감동적이진 못했다. 천만 관객을 얻기 위해서는 포기해야 하는 게 많단 사실을 또 한 번 깨닫게 해준 영화. 유감스럽지만 나에게 <국제시장>은 그런 영화로 기억될 것 같다.

Eine Bildreise
Toskana
Mit einem Text von Wolftraud de Concini/Ellert & Richter Verlag

로맨스가 필요해

지난여름엔 억지로 휴가를 다녀왔다. 직원들이 하나둘씩 아이들 방학에 맞춰서 휴가를 다녀오고, 여기보다 더 뜨거운 나라로 여행을 다녀온 더 젊은 직원들이 새카만 강가딘이 되어서 하나둘씩 돌아오는데도 여전히 사무실 책상에 내내 머리를 처박고 서류만 들여다보는 모습이 불쌍했는지 하루는 보스가 명령을 했다.

무조건 며칠 휴가 다녀와. 어디라도 다녀와.

사실은 여름도 이미 끝나가고 있었다.

억지로 등 떠밀려서 휴가를 얻기는 했지만 이틀쯤 여전히 아무 결정도 하지 못한 채 방 안에서 뒹굴다 결국은 무작정 테겔 공항으로 나갔다.

휴가철이 지난 토요일 저녁, 공항은 한산했고 일찌감치 문을 닫은 여행사 몇 군데를 지나치자 아직 불이 켜져 있는 여행사 간판 하나가 겨우 눈에 들어왔다. 영화 <빅>에서 주인공 톰 행크스의 아역 배우가 놀이공원 언저리를 서성이다 만난 아케이드 머신 속 예언자 졸타, 까지는 아니고, 그냥 한가롭게 컴퓨터를 들여다보며 퇴근 시간만 기다리던 여직원에게 소원, 까지는 아니고 그저 전혀 계획이 없는 휴가를 계획 중이라고 말했다. 그러자 여직원이 심심하던 차에 마침 잘 됐다는 듯 재빨리 우선 지중해에 있는 한 섬을 점지해준다. 그리고 비행기에서 호텔까지 줄줄이 내 휴가를 맘대로 계획하기 시작했다. 이 호텔은 가족여행을 오는 단체 관광객들이 많아서 패스, 이 호텔은 바닷가에서 너무 멀리 떨어져 있어서 안 되고, 골프를 안 친다니 이 리조트도 아니고….

아니, 아니오, (끄덕끄덕), 아니오. 아! 그건 오케이요.

20분쯤 스무고개 같은 대화를 하고 나자 어느새 내 손엔 다음 날 출발하는 비행기 티켓과 호텔 예약 확인증, 그리고 신용카드 결제 영수증이 쥐어져 있었다.

* * *

딱히 털어내고 와야 할 고민거리도 없고 새로운 미래를 계획하기 위한 숙고의 시간이 필요한 여행도 아니었다.

간간이 내가 휴가 중이란 걸 모르는 사람들이 국제전화를 걸어왔지만 대충 수습을 하고 다시 수영을 하고 밥을 먹고 또 수영을 했다.

아직 여름이 끝나지 않은 지중해의 햇살을 즐기며 그렇게 며칠을 지냈지만 그렇다고 해서 낭만적이었냐 하면 그렇진 않았다. 해가 기울기 시작할 무렵 호텔방으로 돌아와 보면 깨끗하게 다시 정돈된 침대 위에는 항상 장미 꽃잎이 뿌려져 있었고, 심지어 학 모양으로 접은 샤워용 타월 두 마리가 서로 얼굴을 마주 보고 있었다. 호텔방을 나설 때 침대 머리맡에 남겨둔 1유로에 감동받은 메이드의 과도한 친절은 날마다 나를 그렇게 난감하게 만들었다.

젠장. 이럴 줄 알았으면 누구라도 데려올걸. 혼자 떠나는 여행은 전혀 낭만적이지 않잖아.

밖이 완전히 캄캄해지면 발코니 앞 넓은 잔디밭에서는 요란한 댄스음악이 들리기 시작했고 하나둘씩 사람들이 모여들었다. 차마 혼자서 그 무리에 끼어들지는 못하고 그냥 발코니에서 맥주를 마시며 시끄러운 음악과 사람들의 왁자지껄한 소란을 지켜보다 보면 거의 날마다 자정쯤 싸이의 강남스타일이 흘러나왔다. 그렇게 전 세계에서 온 다양한 인종들이 지중해 한복판에 있는 섬에서 어색한 자세로 싸이의 말춤을 따라 추다 보면 그날의 파티는 쫑이 났다. 이틀쯤 똑같은 상황을 지켜보고 나자 나중엔 "오빤 강남스타일~"이 "이제는 우리가 헤어져야 할 시간, 딴딴따 딴딴따~" 하고 오래전 나이트클럽에서 듣던 노래와 환청처럼 겹쳐서 들리기도 했다.

로맨스가 필요해.

쿨하게 이렇게 지중해의 섬으로 훌쩍 날아와도 로맨스가 빠지니까 재미가 없잖아.

* * *

어느새 또 겨울이다.

크리스마스가 다가온다. 서서히 마음이 불편해진다.

독일 사람들에게 성탄절은 우리에게 구정이나 마찬가지다. 그 정도로 큰 명절이다. 모두가 귀향해서 가족과 함께 시간을 보낸다. 도시는 텅 비어버리고 나 같은 이방인들만 좀비처럼 한적한 밤거리를 서성댄다. 문득 홍대 앞에 살던 시절이 생각났다. 인천의 부모님 댁에서 명절을 보내고 일찌감치 내 집으로 돌아오면 군데군데 문을 연 가게가 몇 있었다. 그리고 가게 안에선 명절 분위기와 어울리지 않는 낯선 외국인들이 듬성듬성 모여 앉아서 소주도 없이 삼겹살을 구워 먹고 있었다. 한낮 홍대 앞의 풍경이라고 하기엔 그로테스크했던 그 장면이 문득 떠올랐다. 이제 며칠 후에 내가 베를린의 텅 빈 시내를 어슬렁거리고 다니면 독일 사람들이 날 그런 눈으로 쳐다보겠지 아마도.

독일에서는 한 해의 마지막 날을 실베스터(Silvester)라고 부른다. 더 정확한 독일어 발음은 '질베스터'에 가깝다. 고향에서 성탄절을 가족과 함께 보내고 돌아온 사람들이 이번엔 친구들과 함께 왁자지껄하게 파티를 하며 새해를 맞는다. 브란덴부르크 문 앞에서 벌어지는 성대한 불꽃 축제도

장관이지만 밤새도록 골목길까지 폭죽이 터지고 그렇게 광란의 파티가 밤새 이어진다. 지난해도 그랬고 나 역시 다르지 않았다. 여느 해처럼 우린 베를린에서 가장 핫한 지역 가운데 하나인 플렌츠라우어베르크 지역에 사는 밥시의 집에 모여서 파티를 했고 영화 <언더그라운드>의 한 장면처럼 포화 같은 폭죽이 터지는 거리를 향해 미친 듯이 고함을 질렀다. 그렇게 요란하게 새해를 맞았다.

문제는 성탄절이다. 코리안 친구들이 다양한 의견을 쏟아낸다. 우리끼리 모여서 떡국이라도 먹을까? 어디라도 가볼까? 그중에 어느 의견 하나도 신선하지 않고 낭만적이지 않아서 슬쩍 못 들은 척 자리를 피한다. 아니면, 그냥 동서남북 어디든 방향만 정하고 무작정 차로 달려볼까? 그러다 지치면 아무 데서나 하룻밤 자고 다시 돌아올까?

아니다. 그럴 바엔 친구들이랑 떡국이나 먹고 한국 영화나 다운받아서 보는 게 낫겠어. <나 홀로 집에>는 더 이상 재미가 없고 <러브 액츄얼리>는 몇 번을 다시 봐도 재밌지만 보고 나면 왠지 허무해. 그게 아니면, 다시 훌쩍 떠나볼까? 영화 <로맨틱 홀리데이>처럼 낯선 나라에 사는 사람과 서로 집을 바꿔서 성탄절을 보내볼까? 이왕이면 지금쯤

한 여름인 곳이 좋겠어. 하루라도 더 늦기 전에 지구 반대편에 사는 누군가에게 SOS를 보내야겠어. 안녕하세요. 저는 베를린에 살고 있습니다. 우리 성탄절 휴가 기간 동안 서로 집을 바꿔서 지내보는 건 어떨까요? 제가 사는 집은 7층이고요, 작은 발코니도 있어요. 필요하시면 낡은 중고차이긴 해도 제 차를 쓰셔도 돼요, 어때요?

뭐 굳이 지구 반대편이 아니라도 상관없다. 노르웨이나 핀란드, 아이슬란드처럼 베를린보다 더 추운 곳이면 어때. 호텔방 침대에 친절한 메이드가 주책맞게 빨간 장미꽃잎을 뿌려주는 곳만 아니라면. 그 대신 누군가 살고 있는 집, 그 사람의 추억과 체취를 느끼고 상상하며 며칠 지내보는 것도 괜찮잖아. 혹시 알아? 그러다 새벽 두 시에 누가 미친 듯이 문을 두드려서 열었는데 케이트 윈슬렛을 쏙 빼닮은 여자가 술에 만취한 채 문에 기대서서 이렇게 말할지도 모르잖아. 우리 오빠는요? 당신은 누구예요? 아무튼 난 일단 화장실부터 좀 가야겠어요.

성탄절까지는 불과 일주일. 도무지 실행 가능성이 있는지 모르겠지만 잠시 상상만 했을 뿐인데도 마음은 벌써 낯선 어느 나라의 어느 도시로 마구 날아가고 있다.

사천의 선인

문화원에서 한식 홍보행사가 열리는 날이었다. 주어캄프 출판사 대표인 슈파 박사를 처음으로 만났다. 주어캄프. 칸트와 헤겔, 마르크스, 아도르노…. 뭐 일일이 열거할 것도 없이 대학원 시절 머리를 쥐어짜고 고민하며 읽어야 했던 원서들은 열이면 아홉 주어캄프 출판사의 책들이었다. 다섯 번 열 번을 반복해서 읽어도 선문답처럼 읽히는 문장들. 그런 책들을 만드는 출판사의 대표는 도대체 얼마나 엄격하고 진지할까 싶었지만 정작 슈파 박사는 경쾌하고 때론 물론 진지하기도 했지만 전혀 엄격해 보이진 않았다. 그리고 한식을 무척 좋아했다.

이런저런 얘기 끝에 내가 독문학을 전공했다고, 베를린의 한 대학에서 브레히트를 전공하다 학업을 중단하고 귀향을 했다고, 그리고 우여곡절 끝에 이렇게 다시 베를린에 돌아와서 일을 하고 있다고 하자 슈파 박사가 반색을 하며 내게 물었다.

"브레히트를 전공하셨다니 그럼 당연히 부코우(Buckow)에는 가보셨겠군요."

"네? 그게, 저, 아직…."

명색이 브레히트에 대한 논문을 쓰겠다고 베를린에서 청춘을 바쳤다는 작자가, 아무리 학업을 중단했다 하더라도 설마 베를린에서 멀지도 않는 그곳에 가보지도 않았다고?

물론 슈파 박사는 그렇게 말하지 않았고 언제든 꼭 한번 가보란 말만 남겼지만 얼굴이 달아오른 나는 그날 저녁 더 이상 그의 곁에는 다가가지 못했고 그날 행사가 끝날 무렵 이미 내일의 일정을 정해두고 있었다. 오늘은 금요일이고 내일은 토요일. 그러니까 내일 당장 가보는 거야.

* * *

베를린을 벗어나 동쪽으로 불과 십여 분을 달리자 갑자기 길이 울퉁불퉁해지면서 차가 요동을 치기 시작한다.

분명 시속 100킬로미터 구간이라는 표지판을 지나왔지만 정작 그 속도로 달리면 차가 장난감 자동차처럼 발랑 뒤집힐 것 같아서 감히 가속 페달을 밟지 못한다. 도로가 여기저기 움푹 패어 있고 임시방편으로 아스팔트 타르를 메운 흔적들이 검버섯처럼 퍼져있다. 구서독 지역의 아우토반을 달릴 땐 겪어보지 못한 상황이라 적응이 되지 않는다. 이제부터 진짜 구동독 땅이라고 생각하자 괜히 긴장도 된다.

장벽이 무너진 지 30여 년이 지났지만 아직도 여긴 동독이다. 중앙분리대도 없는 2차선 도로. 뒤에 바짝 붙어서 따라오는 거대한 트럭에 떠밀리듯 험한 길을 20여 분쯤 달리다 결국 갓길에 차를 세웠다. 첩보영화 속에서 미행당하는 주인공처럼 잠시 차를 세워 트럭에 길을 양보하고 차에서 내려서는데 다리가 후들거린다. 날씨마저 암울해서 금방이라도 비가 쏟아질 것만 같다. 좁은 도로 양옆으로 늘어선 키 큰 나무들도 생전 처음 보는 나무뿐이다. 그런데 왠지 이 모든 게 당연하게 느껴지기도 한다. 히틀러를 피해 망명길에 올랐던 브레히트가 종전 후 서독이 아닌 동독으로 돌아와 잠시 말년을 보내며 비가를 썼던 도시 부코우를 찾아가는 이 길에 참 잘 어울린단 생각이 들기도 한다.

4대 비극, 감정의 이입, 카타르시스, 죽느냐 사느냐 그것이 문제로다…. 윌리엄 셰익스피어가 고전적 의미의 연극을 대표하는 극작가였다면 베르톨트 브레히트는 기존 연극의 개념과 형식을 모두 파괴하며 아리스토텔레스를 비웃었다. 브레히트의 연극이론을 흔히 서사극이라 부른다. 서사극 이론을 함축적으로 보여주는 기법을 '낯설게 하기', 소외효과, 혹은 소격효과라고 한다. '낯설게 하기'는 환상에 빠진 관객을 객석 밖으로 내몬다. 이건 연극일 뿐이라고, 중요한 건 배우에게 감정이입이 되어서 잠시 환상에 빠졌다 극장을 나서면 모두 잊어먹는 게 아니라고, 연극을 통해 교훈을 얻어야 한다고 말한다. 연극적 환상을 제거하기 위해 브레히트는 무대장치를 고스란히 보여주고 배우와 관객이 논쟁을 벌이도록 했다. 무대 위에서 소품을 옮기고 다음 막을 준비하는 장면도 그대로 노출했다. 관객이 무대 위 사건이나 극중 인물에 무비판적으로 몰입하지 않도록, 무대 위에서 벌어지는 사건을 객관적이고 비판적으로 바라보도록, 그래서 교훈을 얻고 극장 문을 나서면 행동을 하도록 만들었다. 최소한 그러기를 바랐다.

<사천의 선인>은 착한 사람이 착하게 살아가기 위해

Der Krieg
ist nichts als die
Geschäfte ...

Die *Courage* im Deutschen Theater.
Weichenstellung fürs Berliner Ensemble

악한 인간으로 살 수밖에 없는 자본주의 사회의 실존적 모순을 보여주는 브레히트의 대표작 가운데 하나다. 어느 날 세 명의 신들이 지상에 내려온다. 하지만 단 한 명이라도 착한 사람을 찾기 위해 지상으로 내려온 신들에게 잠자리를 제공해 주는 사람은 아무도 없다. 그때 몸을 파는 여자 센테가 돈벌이를 포기하면서까지 신들에게 자신의 방을 내준다. 다음 날 아침, 세 명의 신들은 안심하고 다시 지상을 떠나면서 센테에게 은화 천 냥을 선물한다. 착한 센테는 그 돈으로 담배 가게를 차리지만 계속 몰려드는 빈민들 때문에 더 이상 견디지 못하고 사업 수완이 좋고 독한 사촌오빠 슈이타로 변장해서 장사를 해나간다. 그러던 어느 날 센테는 한 남자와 사랑에 빠지고 그를 돕기 위해 가게까지 팔지만 남자는 센테를 이용만 하고 자신의 아이를 임신한 센테를 버린다. 센테는 다시 슈이타로 변장하고 빈민들의 노동력을 착취해서 사업을 일으킨다. 담배 공장은 점점 번창하지만 사람들은 센테가 보이지 않자 슈이타가 그녀를 살해했다고 의심하며 슈이타를 법정에 세운다. 법정에 선 슈이타는 자신이 곧 센테이며 이 세상에서 착하게 살아가는 건 너무나 힘든 일이라고 신들에게 하소연을 한다. 하지만 신들은 아무 말도 하지 못하고 사라져버린다.

세월이 흘러 신들이 등을 돌리고 떠나버린 도시. 타락한 자본주의가 기승을 부리기 시작하는 도시에 하나둘씩 영웅이 나타나기 시작한다. 로빈훗, 임꺽정, 홍길동과는 비교도 안 되는 이 영웅들은 모두 할리우드에서 태어났다. 어떤 영웅은 생뚱맞게 우주에서 날아와 지구를 지켜주고, 본래 평범한 찌질남이었는데 어느 날 역시 생뚱맞게 거미에 물린 이후로 초자연적인 힘을 얻어서 뉴욕시민들을 지켜주는 영웅도 있다. (참 희한하게도 우리 시대의 영웅들은 주로 뉴욕시를 지켜준다) 심지어 돌연변이 유전자를 가진 영웅들이 떼거리로 몰려다니며 세상을 구원하기도 하지만 평범한 인간들도 종종 지구를 구한다. 일개 병사가 외계인을 주먹 하나로 때려잡고 미국 대통령이 전투기를 타고 외계인의 공격으로부터 지구를 직접 지켜내기도 한다. 그리고 그 안에 들어있는 교훈은 하나밖에 없다. 권선징악. 나쁜 놈들은 어떻게든 반드시 망하고 착한 사람은 반드시 모두 구원을 받는다. 신이 부재한 세상을 할리우드가 만들어낸 영웅들이 구원한다. 시시하다. 세상이 타락한 게 아니다. 사람들은 모두 선하고 악인 한 명만 나쁘다. 아니면 우주인들은 모두 악하다. 그리고 그 악당을 영웅이 제거하면 모두가 해피해지는, 그런 영화들. 더 이상 고민할 필요도, 권선징악 이외의 어떤 교훈도 없다.

영화 <배트맨>은 좀 다르다. 타락한 고담시는 사천을 빼닮았다. 주인공은 공명심에 우쭐대지 않고 카운터 파트인 조커는 악인이면서도 인간적인 양면성을 지니고 있다. 그 중에도 <다크 나이트>는 결정판이다.

가끔 티브이에 영화배우들이 나와서 인터뷰를 할 때마다 빠지지 않는 멘트가 있다. 이번 영화에서는 주인공 지수라는 인물에 감정이입을 하느라 너무나 힘들었어요. 영화를 촬영하는 내내 지수로 살아가느라 밥을 먹을 때도 지수처럼 먹고 길을 걸을 때도 지수처럼 걸었어요….

그럴 때마다 난 조커, 아니 역대 조커들 가운데 최고의 조커를 연기하고 결국 약물 과다복용으로 스러져간 한 배우와, 고전극의 이론을 파괴하고 현대극의 이론을 세웠던 극작가를 동시에 떠올린다. 감정이입과 메소드 연기에 너무나 몰두한 나머지 결국 조커를 벗어버리지 못하고 고통스러워했던 배우, 연기는 연기일 뿐 관객도 배우도 절대로 그 안에 매몰되지 말고 다만 극을 통해서 교훈을 얻어야 한다고 말했던 극작가. 만일 두 사람이 동시대를 살았다면 어땠을까?

말도 안 되는 상념에 젖어서 온갖 상상을 하고 있는데 내비게이션에서 독일 여자의 목소리가 흘러나온다. 5백 미터 앞에서 좌회전하십시오.

멀리 왼쪽으로 파란 호수가 보이기 시작한다. 저 호수 너머에 그가 살았던 별장이 있다. 이제 거의 다 왔다.

영화보다 영화 같은

아프리카 출장을 마치고 베를린으로 복귀한 지 두 시간쯤 지났을까.

여행 가방에 가득 담아 온 열흘 치 밀린 빨래들을 세탁기에 구겨 넣고 죽은 듯이 침대에 쓰러졌는데 갑자기 배가 살살 아파지기 시작한다. 역시 제대로 챙겨 먹지도 못하고 열흘 내내 스트레스만 받았더니 장이 꼬였나? 화장실에 서너 번을 앉아서 힘을 줘봤지만 방귀도 안 나오고 배는 점점 더 심하게 아파져 오는데….

***

2016년 여름,

아프리카 순방 행사에 차출이 됐다. 통상 대통령이 해외 순방을 하게 되면 부대행사로 문화행사를 개최하는 경우가 많다. 태권도 시범부터 국악, 한국 전통무용에서 케이팝에 이르기까지, 대통령의 방문을 계기로 그 나라에 우리 문화를 소개하는 행사들이 열린다. 그럴 때 큰 역할을 하는 게 방문국에 있는 우리 한국문화원이다. 그런데 이번엔 재외 한국문화원이 없는 아프리카 3개국을 VIP가 방문하게 됐다. 결국 유럽 지역 소재 문화원에서 직원 몇 명이 행사 지원을 위해 차출됐는데 그렇게 내가 배정된 곳이 케냐의 수도 나이로비였다. 문화행사 지원한다고 이렇게 외국까지 가게 된 건 스위스에 이어서 이번이 두 번째, 하지만 이번엔 좀 달랐다.

생전 나와는 인연이 없을 거라 생각했던 미지의 땅 아프리카에 간다고 생각하니 제일 먼저 눈앞에 떠오른 건 야생동물이 뛰노는 드넓은 초원이었고 귓가에는 영화 <아웃 오브 아프리카>의 주옥같은 OST가 흘러넘쳤지만 당장 눈앞에 닥친 현실은 케냐 대사관에 가서 비자를 발급받고 황열병 예방주사부터 맞는 거였다, 스위스처럼 출발 하루 전에 인터넷으로 항공권을 구입하고 다음 날 공항으로 가서 두어 시간만 비행기를 타면 되는 일이 아니었다. 게다가 인터넷 검색을 해보니 황열병 예방주사를 맞으면 믿거나 말거나 다섯 명에 한 명꼴로 고열과 오한 증세에 시달리는 부작용을 겪기도 한다는데 하필이면 그게 나였다. 결국 재활치료 받는 마약 중독자처럼 부들부들 떨며 일주일을 보내다 보니 거짓말처럼 출국 날짜에 맞춰서 부작용이 사라졌다.

그래, 어디 함 가보자. 미지의 세상, 생전 한 번도 가보지 못한 아프리카의 초원으로 떠나는 거야!

나이로비 공항 도착,

여행이란 게 그렇다. 출장을 겸한 여행이란 건 없다. 여행을 가면 단 일 분이라도 일을 하기 싫고, 출장을 끼고 여행을 가면 영 기분이 나지 않는다. 그래서 생전 처음 아프리카 대륙에 발을 디디면서도 어차피 큰 기대는 안 했지만 현실은 더 열악했다. 야생의 초원은커녕 호텔과 현지 한국대사관, 공연장을 차로 이동하는 일정만 줄줄이 이어졌고, 대사관 경비원이 기관총을 들고 보초를 설 정도로 치안이 불안정한 나라에서 혼자 외출하는 건 엄두도 못 냈다. 사실 그럴 여유도 없었다. 남은 시간은 열흘. 내게 주어진 미션은 현지 도우미 인력들과 함께 행사 당일 초청객들의 출입을

Kenya Airways
The Pride of Africa

관리하는 거였다. 다행히 행사는 대성공이었고 1천7백 명이나 되는 아프리카 사람들이 공연장을 가득 메워주었다. 그렇게 열악한 환경 속에서 행사를 무사히 성공적으로 치르고 베를린으로 복귀한 참이었다.

출장을 가기 전에 이미 고장이 나 있었던 엘리베이터는 여전히 그대로였고, 7층까지 트렁크를 간신히 끌고 올라와서 그동안 쌓인 빨래만 세탁기에 돌려놓고 죽은 듯이 쓰러졌는데, 그 순간 배에서 이상 신호가 왔고 그 신호가 평소 배탈이 났을 때와는 느낌이 전혀 달랐다.

***

살려고 그랬나 보다. 화장실을 계속 들락거리다가 어느 순간, 이건 그게 아니다 싶었다.

본능적으로 지갑과 의료보험 카드, 핸드폰과 충전기를 챙겨 들고 집을 나섰다. 고장 난 엘리베이터를 저주하면서 난간을 붙잡고 63빌딩처럼 느껴지는 7층 계단을 간신히 기어서 내려왔다.

"할로 동! 휴가는 잘 다녀왔어? 출장이라 그랬나?"

반갑게 인사하는 1층 제과점 주인아줌마에게 배를 움켜쥐고 죽을 것 같은 표정으로 이를 꽉 깨물고 애원했다.

"구급차 좀 불러줘. 아줌마, 나 배가 아파 죽을 것 같아."

이후 의학 드라마에서 자주 보던 앵글이 이어졌다.

구급차에 누워 삐뽀삐뽀 소리를 들으며 바라보던 차창 밖 푸른 하늘,

들것에 실려 응급실 복도를 수평 이동하며 바라본 천장의 형광등 불빛들….

베를린으로 복귀한 지 두 시간밖에 되지 않았고 내일은 주말이었다. 아직 베를린으로 복귀했다는 보고도 하지 못했으니 내가 병원에 실려 왔단 사실을 아는 사람은 결국

아무도 없었다. 게다가 대자로 누워서 실려 들어간 응급실에서는 휴대전화 신호도 잡히지 않았다.

무슨 일이지? 나한테 왜 갑자기 이런 일이 벌어진 걸까? 난 이렇게 베를린에서 혼자 세상을 뜨게 되는 건가? 그런 거였나?

아주 짧은 시간이지만 온갖 생각이 머릿속을 스쳐 지나갔다. 그러면서도 고통 때문에 입은 계속 흐느껴 울었고 그래도 견디기 힘들 땐 창피한 줄도 모르고 다시 비명을 질렀다. 남자 간호사가 태평한 표정으로 비실비실 웃으며 이런저런 질문을 할 때마다 난 반사적으로 영화 <킬빌>을 떠올렸다. 그리고 코마에서 깨어난 우마 서먼처럼 벌떡 일어나서 남자의 목을 따버리는 상상을 했지만 내 입에서 나오는 대답은 계속 "아파!"뿐이었고, 결국 진통제를 왕창 맞고 나자 불과 몇 분 만에 고통은 거짓말처럼 사라졌다. 그리고 잠시 후 CT 촬영을 했더니,

돌멩이가 몸속에서 자생을 했단다, 일명 요로결석, 신장결석이었다.

이미 나 같은 환자를 수백 명쯤 겪어본 의사의 차분한

설명에 따르면 결석이 몸을 빠져나오기 전에 장기 내벽을 스크래치 할 때 아픈 거라고, CT를 보니 오늘 밤엔 나올 거 같다고 했다.

나중에 한참이 지나서야 알게 됐다. 요로결석이란 게 출산의 고통에 비할 만큼 아픈 거라고들 했다. 죽을 듯이 아파서 창피한 줄도 모르고 구급차에서 절규를 하며 울었던 데는 그만한 이유가 있었다.

독일의 의료시스템은 20여 년 겪어봤지만 아직도 익숙해지지 않는다. 너무 아파서 병원을 찾아도 의사들은 열이면 아홉 번은 집에서 휴식을 취하고 카모마일차를 마시라는 말만 하고 환자를 돌려보낸다. 그 흔한 항생제 주사 한 대 놔주는 의사가 없다. 약도 웬만하면 생약 성분으로 처방해준다. 속이 좀 불편해서 내시경 검사를 신청했더니 가장 빠른 일정이 3개월 뒤, 심지어 내년에야 예약이 가능하다는 곳도 있다. 과연 그 몇 달의 시간 동안 나 말고 다른 사람들이 계속 줄줄이 예약이 정말 잡혀있는 걸까? 믿을 수 없지만 그렇다고 확인할 도리도 없다. 그런데 구급차를 타고 병원에 실려 들어왔더니 모든 게 일사천리다. 순식간에 CT 촬영을 하고 곧바로 입원실이 배정된다.

그렇게 입원 수속 절차도 따로 밟지 않고 병실에 입원을 했다. 어색한 자세로 잠시 환자인 척 누워 있다가 일어나서 물을 마시고 다시 눕기를 반복했더니 슬슬 요의가 찾아온다.

참자. 참았다가 한방에 싸자. 그래야 세찬 오줌발에 돌멩이가 실려 나가고 그래야 낫겠지.

밤 열한 시. 병원 밖으로 나와 강가에 서 있자니 입원환자가 아니라 캠핑이라도 온 여행객 같은 기분이다. 불과 반나절 전에 구급차에 실려 왔던 그 먼 길이 실제로는 집에서 차로 십 분밖에 되지 않는다.

밤바람에 몸이 오싹해진다.

이제 더 이상은 못 참겠다. 화장실로. 그리고,

톡.

운석처럼 비현실적으로 생긴 까만 돌멩이가 요로를 타고 쏙 빠져나와 왼손으로 받치고 있던 미세한 체에 걸린다. 얼핏 보면 그냥 까만 점인 줄 알 정도로 작다. 작아도 너무 작아서 신기하고 어이가 없다. 이렇게 작은 돌멩이가 몸에서 저절로 생겨난 것도 신기하고, 티끌만큼 작은 물체가 가하는 고통이 그토록 컸단 사실도 어이가 없다.

다음 날 아침,

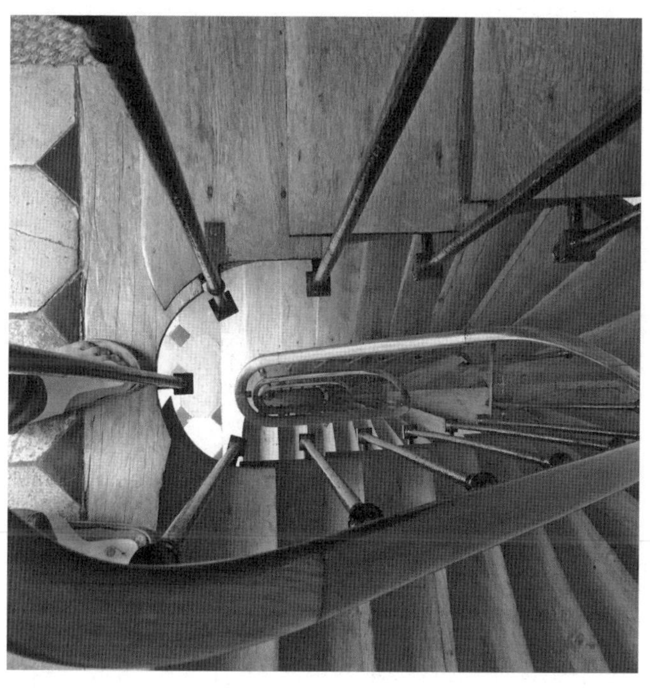

등에 칼침을 맞고 병원에 실려 와서 내 옆 침대에 사슴 같은 눈망울을 하고 누워있던 이라크 청년을 취조하러 강력계 형사 남녀 한 쌍과 통역이 찾아왔다. 어디서 누구와 시비가 붙었고 그래서 친구들은 도망을 갔는데 자기는 도망치다 붙잡혀서 칼을 맞았고….

처음엔 통역사의 흥미진진한 얘기에 귀를 쫑긋 세우고

엿듣다가 몇 분도 채 안 돼서 심드렁해졌다.

다 재미없어. 빨리 의사 선생님 만나서 자랑스럽게 이 눈에 보일 듯 말 듯 조그맣고 까만 돌멩이를 보여주고, 이제 집에 가자.

* * *

상상은 우릴 행복하게 하고

상상은 우릴 때론 아찔하게 한다.

아찔하고 안도하고 그래서 불행 중 감사하게 만드는 많은 상상들.

만약에 며칠 전에 배가 아팠더라면,

50미터를 이동하는 데 30분이 걸리는 나이로비의 시내 한복판 교통지옥에서 오도 가도 못하는 상황일 때 배가 아팠더라면,

아님 베를린으로 돌아오는 비행기 안에서 아팠더라면, 그랬다면 어땠을까….

때론 현실이 영화보다 더 영화 같아서 지금 내가 스크린 속에서 연기를 하고 있는 건 아닌가 싶은 순간들이 있다.

택시를 타고 집으로 가는 길, 로드무비의 주인공이라도

된 것처럼 마음이 살랑거린다. 하지만 집까지 거리는 불과 십 분. 그리고 내일은 월요일이다. 내일이면 마치 아무 일도 없었던 것처럼 다시 출근을 하고 커피를 한 잔 마시고 사무실에 앉아서 일을 하고 있겠지.

영화보다 더 영화 같았던 어제보다 아무 일도 없었던 것처럼 다시 일상을 시작하게 될 내일이 더 비현실적으로 느껴지는 이 기분은, 뭐지?

마이 베스트 프렌드

"행운을 빌어주지는 않겠네. 자네 실력대로 하게."

초등학교 6학년 때였다. 서울에서 열리는 전국 백일장 대회 출전을 하루 앞둔 날이었다. 어디서 소문을 들었는지 쉬는 시간이 되자 우리 반에서 유일하게 콧수염이 나기 시작한 여드름투성이 친구가 내 자리로 뚜벅뚜벅 걸어오더니 그렇게 말했다. 수십 년의 세월이 지난 지금도 정확히 기억하는데 나보다 한 뼘이나 키가 큰 친구는 분명 '자네'란 표현을 썼다. 태어나서 처음 들어보는 단어였다.

다음 날, 인천에서 경인선을 타고 대회 장소인 서울 어린이대공원으로 향했다. 내가 연필심에 침을 바르며 열심히 원고지를 채우는 동안 엄마는 옆에서 초조한 표정으로 그런 내 모습을 지켜봤고 남들보다 한참 늦은 시간에 결국 마침표를 찍자 엄마는 주최 측에 제출하기 전에 재빨리 글짓기 선생님에게 내 원고지를 들고 가서 검사를 맡았다.

내 원고를 읽어본 우리 학교 글짓기부 선생님의 표정은 별로 밝아 보이지 않았지만 심사위원들의 생각은 다행히 달랐고 난 입상을 해서 몇 주일 뒤에 다시 한번 서울 구경을 할 수 있었다. 친구의 말대로 난 행운을 바라지 않았고, 그날의 주제에 액면 그대로 맞추기보단 주제의 범위 안에서 소신껏 내 방식으로 내가 하고 싶은 이야기를 썼던 걸로 기억한다.

세상에는 유난히 운이 좋은 사람이 있다. 로또를 살 때마다 단돈 몇만 원이라도 당첨되는 사람이 있고, 백화점에서 나눠주는 행운권만 받아도 자동차가 당첨되는 사람도 있다. 나로 말하자면 지금까지 살아오면서 단 한 번도 그런 행운을 누려본 적이 없다. 노력한 만큼 대가는 따랐지만 요행수로 뭔가를 거저 얻어 본 적은 없다. 단 한 번도 없다.

그럴 때마다 문득 초등학교 때 친구가 했던 말을 떠올렸다. 어쩌면 친구가 어린 시절에 해줬던 그 한마디는 앞으로 내가 어떤 태도로 인생을 살아가야 할지에 대한 예언이었는지도 모른다. 행운을 바라지 말 것, 열심히 노력한 만큼만 대가를 바랄 것. 그게 네 팔자다.

여드름 친구는 지금쯤 어떻게 지내고 있을까?

* * *

“넌 이미지 분석이 너무 섬세해. 그래선 큰 그릇이 못 된다.”

녀석은 우리 학교에서 둘째가라면 서러운 ‘쌩 날라리’였다. 툭하면 수업을 빼먹고 당구장에서 살거나 대낮에도 술을 퍼마셨고 학교에 오면 하루 종일 그림만 그렸다. 미대에 진학하고 싶어 하던 녀석은 그러면서도 정작 미술학원에 다닌 적이 단 한 번도 없었다. 결국 녀석은 미대에 진학하지 못했고 고등학교를 졸업한 이후 우린 서로 전혀 다른 길을 갔다.

녀석이 재수, 삼수를 거치는 사이에 난 대학교 2학년이 되고 3학년이 됐다. 그렇게 서로 어른이 되어가는 동안에도 난 녀석이 내게 해준 말의 의미에 대해 별로 진지하게 생각해보지 않았다.

녀석이 한 말을 내가 다시 떠올리게 된 건 내 나이 서른이

5
RUSSY
ROBIN!
emir mario

넘을 무렵이었다. 그제야 녀석이 했던 말의 의미가 조금씩 다가왔다. 난 지나치게 섬세했고, 예민했고, 그래서 늘 피곤했다. 그래서 더 큰 그림을 보지 못하고 사소한 일에 연연하다 정작 중요한 걸 놓칠 때가 많았고 항상 불면증에 시달렸다. 이런 거였나? 쌩 날라리 새끼가, 피차 아직 머리에 피도 안 말랐던 시절에 네가 나에게 던져준 전언의 의미가 이런 거였냐?

멀리 돌아왔지만 녀석이 했던 말의 의미를 내가 비로소 깨달을 때쯤, 그러니까 내가 조금씩 이미지 분석을 너무 섬세하게 하지 않을 수 있게 될 무렵, 우린 너무 다른 길을 걷고 있어서 난 녀석에게 고맙단 말을 해줄 기회를 놓쳤다.

***

"날마다 너희 집에 들러서 너를 내 차에 태우고 돌아다니며 술을 마시고 웃고 떠드는 것도 물론 좋아. 그런데 말야. 내 생애 최고의 날이 어느 날인지 알아? 어느 날 내가 너를 데리러 갔는데 아무리 노크를 해도 네가 집에 없을 때야. 아무런 작별 인사도 없이 네가 떠났을 때, 그때가 내 생애 최고의 날이야. 난 다른 건 몰라도 그 정도는 알아."

영화 <굿 윌 헌팅>에 나오는 이 대사를 잊지 못한다. 불행한 환경에서 태어나 대학교 청소부로 살아가지만 사실은 타고난 천재 윌이 인생의 스승 맥과이어 교수를 만나 세상과 화해하고 사랑에 눈을 뜨는 이야기, 한 편의 성장드라마 같은 영화의 두 주인공은 천재 윌과 맥과이어 교수지만 영화를 본 지 십몇 년이 지난 지금도 내가 기억하는 건 다른 장면이다. 빈민가에서 살며 함께 막노동을 하던 친구 처키는 윌에게 말한다. 넌 나처럼 살지 말라고. 넌 이 바닥을 떠나야 한다고.

결국 고액 연봉자로 취직을 하게 된 윌은 어느 날 마을을 떠난다. 그리고 언제나처럼 윌의 집을 찾아간 처키는 윌이 떠나고 없는 집을 확인하고 돌아 나오며 씩 웃는다. 그렇다고 윌이 처키의 바람처럼 고액 연봉자의 삶을 선택하기 위해 집을 떠난 건 아니다. 그래서 처키의 그 웃음 속에는 돈과 안정된 삶이 아닌 사랑을 찾아 떠난 친구에게 한 방 얻어맞은 것 같은 허탈한 표정도 살짝 들어있다.

* * *

"조금 지나면 나아질 거야."

← Ausgang
Warschauer Straße
Stralauer Allee
Mühlenstraße
U1
▸Uhla
Straße

저녁 여덟 시, 베를린. 서울은 새벽 세 시.

영화제 기획안을 작성하느라 혼자 사무실에 남아서 본격적으로 야근을 하고 있는데 느닷없는 문자가 서울에서 날아온다. 이름을 확인하곤 너무 반가워서 하마터면 왈칵 눈물을 쏟을 뻔했다.

아버지가 일찍 돌아가시고 나보다 먼저 세상에 눈을 떠야만 했던 친구는 공고를 졸업하고 일찌감치 조선소에 취직해서 용접일을 하다 뒤늦게 전문대에 진학했고 지금은 번듯한 중소기업에서 더 이상 두꺼운 작업용 장갑을 끼지 않고 일한다. 자기보다 십몇 년이나 뒤늦게 직장생활을 시작한 내가 친구는 못내 불안하고 안쓰러웠던 모양이다. 물가에 자식 내놓은 엄마처럼 사십이 넘은 친구가 사십이 넘은 친구를 걱정하며 조금 지나면 나아질 거라고 했다. 거두절미 툭 뜬금없이 날아온 전언이었는데 그 타이밍이 절묘했다.

"야, 안 그래도 힘들어 죽겠는데 어떻게 이런 문자를 날리냐? 안 자냐?"

"먹고 싶은 거, 필요한 거 있으면 말해. 보내줄게. 정말이야. 내 말 믿어. 조금 지나면 나아질 거야."

살면서 행운을 바란 적은 없다. 그저 우직하게 일하고

일한 만큼 벌며 살았다. 여전히 이미지 분석은 섬세하지만 조금 덜 섬세하고 무던해지려 노력하고 있고, 얼마 전부터 지긋지긋한 불면증도 완전히 고친 것 같다. 나이 사십이 넘어서 제대로 시작한 조직생활이 벅차고 힘들어서 숨이 막힐 때도 있지만 조금씩 나아질 거라 믿는다. 이게 전부 다 친구들 덕분이다. 지금 내 곁에 있는 친구도, 더 이상 만날 수 없는 친구도 모두가 나의 베스트 프렌드.

고맙다. 친구야.

U
enburger Tor
12 Pasedagplatz

ASSE
THEAT

Part 2 베를리날레

베를린 국제영화제의 열기 속에 보낸
한 겨울의 기억

Berlinale
9–19
Feb
2017

영화제 개막 열흘 전,

"그대, 이 쓰라린 시대에 비참해 하지 말라 /
그대, 이 끔찍한 시대에 경악하지 말라 /
그대, 소모되지 말고 이 시대를 활용하라 /
지금이야말로 우리는 그대의 경쾌함을 필요로 하고 있다…"

2017년, 베를린 국제영화제의 개막을 열흘 앞두고 독일 연방정부 프레스 센터에서 열린 기자회견에서 디터 코슬릭 영화제 집행위원장은 구동독 출신 저항시인이자 민중가수인 볼프 비어만의 노래가사(이자 한 편의 시)를 낭송하는 것으로 제67회 베를린 국제영화제의 서막을 알렸다.

본토 발음으로 거칠게 말하는 코슬릭 위원장의 유머 섞인

독일어가 다 들리진 않았지만, 계속해서 들린 말은 '아프리카', '약탈', '인권', '난민' 같은 단어들이었다.

코슬릭 위원장은 카우리스마키 감독이 난민을 주제로 한 영화로 경쟁부문에 진출했다는 소식과 함께, 재즈 뮤지션 장고 라인하르트의 일대기를 영화화한 <장고> 외에도 요셉 보이스, 알베르토 자코메티와 같은 예술가를 다룬 영화들도 출품되었다고 전했다.

'쓰라린 시대', '끔찍한 시대'를 말하면서도 코슬릭 위원장은 끝내 입에 담지 않았지만, 이 모든 상황이 인권이나 세계

기후 위기 따위에는 관심도 없고 자국의 이익만 앞세우는 미국의 어느 몰상식하고 이기적인 전대미문의 지도자 때문에 비롯된 상황이란 사실을 모르는 사람은 아무도 없었다.

프랑스 칸 영화제, 이탈리아 베니스 영화제와 함께 세계 3대 국제영화제로 손꼽히는 베를린 국제영화제는 정치적인 색채를 특히 분명하게 드러내는 것으로 정평이 나 있다.

코슬릭 위원장은 그렇게 말했다. 세상에 온갖 불쾌함이 만연하고 있지만 그럼에도 불구하고 화해의 프로그램, 삶을 긍정하는 프로그램을 준비했다고. 예술가는 일상적인 세상의 몰락을 묘사하고 있지만 출구가 없는 몰락을 서술하지는 않기 때문이라고 했다.

베를리날레,

칸이나 베니스와 달리 한겨울의 맹추위 속에 열하루 동안 4백여 편의 영화가 소개되는 베를린 국제영화제가 이제 또다시 개막을 열흘 앞두고 있다.

영화제 첫날,

"스윙은 20퍼센트 이상 넣으면 안 돼."

코슬릭 위원장이 예고한 대로 금년도 베를린 영화제는 영화 <장고>가 문을 열었다. <장고>는 쿠엔틴 타란티노 감독의 '분노의 추적자' 장고가 아니라, 벨기에 태생 재즈 기타리스트 장고 라인하르트의 삶을 다룬 에티엔 코마 감독의 영화 제목이다.

집시 재즈의 창시자로 알려진 장고 라인하르트는 장애를 딛고 세계 최고의 재즈 기타리스트가 된 드라마틱한 스토리의 주인공이기도 하다. 장고는 화재 사고로 왼쪽 넷째와 다섯째 손가락을 못 쓰게 됐지만 특이한 주법으로 장애를 극복하고 결국 재즈 역사에 집시스윙이라는 장르를 남겼다.

실제로 그가 연주하는 기록 영상들을 자세히 보면 왼손의 둘째와 셋째 손가락만으로 코드를 짚는 모습을 볼 수 있다. 하지만 <장고>는 음악을 주제로 한 영화가 아니다.

영화의 배경은 나치 점령하의 1943년 파리, 재즈 기타리스트 장고는 절정의 인기를 누리고 있다. 나치 정권은 집시도, 재즈도 금지시켰지만 '집시'이자 '재즈 뮤지션'인 장고만은 예외였다. 전석 매진이 된 공연장에서 집시스윙으로 밤마다 독일 관객들까지 매료시킨다. 뛰어난 실력과 유명세 덕분에 그렇게 나치 치하에서도 박해받지 않고 재즈 아티스트로 살아가던 장고를 나치 독일군은 독일 순회공연에 보내려 하고 이를 거부한 장고는 파리에서 탈출을 감행하게 되는데….

제2차 세계대전 당시 히틀러와 나치가 약 6백만 명의 유대인들을 학살했단 사실은 익히 알려져 있지만, 유럽 전역에서 성소수자, 장애인들과 함께 수십만 명의 집시들 역시 학살당했단 사실은 상대적으로 덜 알려져 있다.

감독은 자신의 데뷔작을 통해 어느 누구보다 관습을 거부하며 자유로운 영혼으로 살아가는 예술가, 그중에서도

'즉흥연주'를 생명으로 하는 재즈를 연주하며 인생을 즉흥적으로 살았던 한 아티스트와 그의 예술을 정치에 악용하려던 나치 독일을 대비시키고 있다.

영화 <장고>는 <샤인>처럼 예술가의 치열한 광기를 보여주는 음악영화도 아니고, <부에나 비스타 소셜 클럽>처럼 휴먼 감동스토리도 아니다. 그렇다고 찰리 파커의 일대기를 다룬 클린트 이스트우드 감독의 영화 <버드>처럼 철저하게 재즈 뮤지션과 재즈 음악에 집중한 영화도 아니었다. 하지만 그래서 더 베를린 영화제다운 선택이었다.

베를린 국제영화제가 처음 개최된 건 동서독 분단 시절인

1951년, 당시에는 영화제가 여름에 열렸고 지금처럼 한겨울인 2월에 영화제가 개최되기 시작한 건 1978년이었다고 한다. 베를린 영화제는 제2차 세계대전이 끝난 뒤 연합군이었던 미군정의 재정적 지원 속에 "자유세계의 창문"을 모토로 1951년 6월 6일 처음 시작됐다. 분단 독일의 동독 지역에 고립된 섬 같은 도시 베를린(서베를린)에서 세계 3대 국제영화제 중 하나인 베를리날레는 그렇게 시작됐다. 초기에는 여느 국제 영화제와 다르지 않았던 베를린 영화제가 지금처럼 정치적 색채를 강하게 드러내며 자기만의 정체성을 갖게 된 건 1960년대 말부터였다. 이러한 변화에는 당시의 사회, 정치적인 양극화 현상도 한몫을 했지만 트리거 역할을 한 건 영화제 경쟁부문에 출품된 한 편의 영화였다.

1970년 베를린 영화제에는 베트남 전쟁을 소재로 한 독일 감독 미하엘 페어회벤의 반전 영화 <O.K>가 경쟁부문에 초청됐다. 영화 <O.K>는 베트남 전쟁 당시 미군들이 젊은 베트남 여성 판 티 마오(Phan Thi Mao)를 강간하고 살해한 '192고지 사건'을 소재로 다룬 영화였다. 영화의 배경은 독일 바이에른의 숲으로 설정됐지만 등장인물들이 미군 군복을 입었고 실제 피해 여성의 실명이 영화 속에서도 그대로 사용됐다. 그러자 이미 경쟁부문에 초청된 이 영화를 놓고 재심사를 해야 한다는 심사위원회의 결정과 이에 반대하는 일부 심사위원들과 젊은 영화인들의 반발이 일면서 영화제에서는 격렬한 찬반 논쟁이 벌어졌다. 반미 영화라는 비판과 영화예술의 자율성을 침해하면 안 된다는 반발로 찬반 양론이 격렬해지면서 결국 심사위원단이 퇴진하고 경쟁작 프로그램이 중단되는 초유의 사태까지 벌어졌고, 이 일을 계기로 결국 이듬해인 1971년에는 공식 경쟁작 부문 외에 젊은 영화인들의 진보적인 영화, 실험적인 영화와 사회 정치적인 문제를 다룬 영화들을 초청하는 '영 포럼' 부문이 신설되었다고 한다. 이후 동구권 영화들이 영화제에 초청되면서 구소련과 동독의 영화들까지 영화제에 초청되며 결국 베를린 영화제는 오늘날 사회정치적인 색깔이 가장 두드러지는 세계적인 영화제로 거듭나게 되었다.

영화 초반부에 정치나 이념 같은 것엔 관심이 없는 인물이었던 장고는 나치와의 마찰을 겪으면서 서서히 자신의 정체성을 찾아가고 결국은 독일인들을 위한 베를린 연주 투어를 거부한다. 그리고 60여 년의 세월이 흘러 영화 속 주인공으로 베를린을 찾은 장고가 개막작을 장식하게 된 건 역사의 아이러니라고나 해야 할까.

화려한 네온사인 간판이 없는 도시 베를린, 숨어있는 바(Bar)를 선택하라

대학을 졸업하고, 심지어 같은 대학에서 대학원을 다녔지만, 동창회라는 곳을 처음 나가게 된 건 삼십 대 중반이 되고 나서였다. 물론 내가 스물아홉에 유학을 떠났다가 그때쯤 다시 돌아왔으니 그래서 내가 뒤늦게 동창회에 합류하게 된 거라고 생각할 수도 있지만 그건 아니다. 실제로 열 명이 넘는 친구들이 처음으로 모여서 공식적으로 동창회라는 걸 한 게 마침 그 무렵이었다.

이후 동창회를 거듭할 때마다 다단계 피라미드 회사에 끌려오듯 새로운 얼굴이 하나씩 나타났다. 우린 마치 어제 자체 휴강을 하고 정경대 후문 앞 향나무 당구장에 모여서 설성반점 짜장면을 배달시켜 먹으며 실컷 놀다 헤어지고 다시 만난 것처럼 그렇게 어울렸다. 대부분 거의 15년 만에 보는 얼굴들이었지만 그랬다. 군대를 다녀와서 복학을 하고, 입시보다 치열한 취업 준비를 거쳐 뿔뿔이 사회로 흩어져나갔던 친구들은 마흔을 앞둔 나이에 하나둘씩 그렇게 모여들었다.

누구나 그랬을 것이다. 말단 사원으로 입사해 대리를 달고 과장 진급을 하는 동안, 결혼을 하고 아이가 생기고, 아이를 유치원에 보내고 초등학교에 보내는 동안 그렇게 쉼 없이 달려온 친구들은 이제 군 복무를 절반쯤 마친 상병 같은 심정으로 옛 친구들을 그리워할 마음의 여유가 조금씩 생겼고, 그 무렵에 누군가 먼저 총대를 메고 연락을 돌리자 반가운 마음에 하나둘씩 그렇게 모여들었던 것 같다.

처음으로 스무 명이 넘게 모였던 어느 해 송년회를 기억한다. 친구들 대부분이 과장 딱지를 떼고 하나둘씩 부장 진급을 할 무렵이었다. 강남의 고급스런 고깃집에 룸을 잡아서 예약을 하고 모였는데, 종업원이 메뉴판을 나눠주고 가자 너 나 할 것 없이 메뉴판을 멀찌감치 눈에서 떼더니 실눈을 내리떴다. 안경을 이마 위로 치켜올리는 모양새까지 그 동작이 너무나 일사불란해서 나도 모르게 피식 웃음이 나왔다. 그랬다. 우리 모두의 머리 위에는 어느새 세월의 먼지가 하얗게 조금씩 쌓이기 시작했고, 수순처럼 노안이 찾아와 있었다. 그렇게 모두가 변해가고 나이를 먹어가고 있었지만 사실 변한 건 하나도 없었다.

무려 이십여 년 만에 다시 만났는데도 하나같이 그놈이 그놈이었다. 대학 시절에 늘 깐죽대며 까불던 녀석의 얼굴에는 주름살과 함께 여전히 장난기가 남아있었고, 늘 무심한 듯 시크하게 폼만 잡던 녀석은 굳이 구석 자리에 삐딱하게 기대고 앉아서 여전히 똥폼을 잡고 말없이 술만 들이부었다. 넘치는 에너지를 감당하지 못해 늘 말이 많고 그만큼 부지런하고 또 번잡했던 친구는 전공을 바꿔서 대학원을 거쳐 박사학위까지 마치고 일찌감치 교수가 되어있었다. 말투에서 성격, 걷는 모습 하나까지도 여전히 다들 그놈이 그놈이었고, 그래서 동창회를 하는 날이면 우린 잠시 무장해제를 하고 이십 대의 대학 시절로 돌아가곤 했다. 여전히 나잇값 못하고 육두문자 섞어가며 서로 티격태격했고, 그러다 어린아이들처럼 또다시 깔깔거리며 유치한 장난을 치기도 했다.

<트레인스포팅 2>가 베를린 영화제에서 처음으로 선을 보였다. 1편이 가져온 충격이 워낙 컸던 만큼 사람들의 관심도

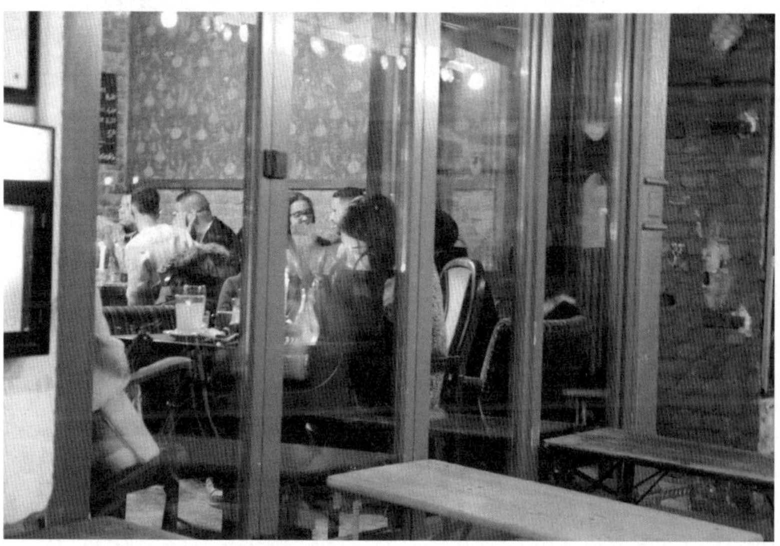

여느 작품보다 더 컸지만 영화를 보고 난 뒤의 반응이 시큰둥했던 게 꼭 나만은 아니었다.

20대의 나이에 도둑질을 하고, 마약을 하고 미친 듯 거리를 질주하던 친구들이 20년의 세월이 흘러서 다시 만난다. 친구들과 함께 마약을 팔아서 크게 한탕을 한 뒤에 혼자서 돈을 들고 달아났던 렌턴은 평범한 비즈니스맨이 되어서 고향에 돌아왔지만 그를 기다리고 있는 현실은 변한 게 하나도 없다. 아내와 이혼하고 직장도 잃고 자살을 기도하다 때마침 찾아온 렌턴 덕에 그나마 목숨을 건지는 스퍼드, 말로는 고모가 물려준 술집을 운영한다지만 손님은 없고 실제로는 여자 친구를 팔아서 포주로 연명하는 식보이, 심지어 벡비는 감옥에서 복역하다 때마침 탈옥을 해서 톰과 제리처럼 렌턴을 잡으러 다닌다. 유일하게 주류사회에 편입되어서 평범한 가정을 꾸리고 사는 줄 알았던 렌턴 역시 사실은 예전처럼 다시 루저가 되어가는 중이었다.

그래서 또다시 뭉치고 또다시 예전처럼 마약을 하고 또다시 서로 얽히게 된 친구들은 이번엔 해피한 결말을 맞게 될까?

* * *

사람은 변해도 욕을 먹고 변하지 않아도 욕을 먹는다. 변하면 사람이 어떻게 저렇게 변할 수 있냐 하고, 변하지 않으면 어떻게 여전히 저 모양이냐고 비난을 한다.

사람은 변해도 변하지 않아도 칭찬을 듣는다. 변하면 어떻게 저렇게 멋지게 변했냐고 감탄하고, 변하지 않으면 또 어떻게 사람이 저렇게 한결같냐고 침이 마르게 칭찬을 한다.

그러니까 여기서 우리가 배워야 하는 교훈은 그런 거다.

변해야 하는 것과 변하지 말아야 할 것이 뭔지를 잘 선택할 것. 지킬 건 지키고 버려야 할 건 과감하게 버리고 변할 것.

영화는 그리 만족스럽지 않았고, 그래서 20년 만에 같은 배우들을 모아서 영화를 찍으면서 도대체 무슨 얘기를 하고 싶었던 거냐고 속으로 계속 되물으며 영화관을 나오니 술이 당긴다. 베를린에서는 유일하게 한국식 포장마차 느낌이 나는 술집으로 향했다. 언제나처럼 김말이에 맥주 한 병을 먼저 시켜서 갈증을 풀고 있으니 신주쿠 골든 가이의 심야식당처럼 하나둘씩 익숙한 단골들이 얼굴을 들이민다. 우린 지난 며칠간의 안부를 서로 묻고 답하며 모여앉아 소맥에 삼겹살을 주문한다.

내가 방금 보고 온 영화에 대한 얘기를 하자 모두가 하나같이 1편의 화장실 씬 얘기를 하며 흥분한다. 렌턴과 그 무리들이 미친 듯이 거리를 질주하던 장면, 그럴 때마다 심장을 때리던 음악 얘기도 빠지지 않는다. 정작 내가 방금 보고 온 2편에 대해서는 관심도 없고 나 역시 딱히 해줄 얘기도 없다. 그래서 다들 나이를 먹었는데 다시 모여. 근데, 변한 게 하나도 없어. 여전히 그 모양 그 꼴이야. 그래서 어떻게 되냐면…. 그래도 내가 던져놓은 화두에 간신히 끼어들어서 몇 마디 보태보려 하지만 누군가 또 내 말을 끊고 1편 얘기를 한다. 이기 팝 노래 말야. 이기 팝 맞지? 제목이 뭐였지? 무슨 라이프 아닌가? 거기다 주인공이 내레이션으로 뭘 자꾸 선택하라 그러지 않았냐? 선택하라! 선택하라! 엄청 많았는데 어떻게 하나도 기억이 안 나냐. 뭐였지?

그러더니 이제는 모두가 자신의 20대 시절 얘기를 털어놓는다. 대부분이 무용담이다. 사실인지 꾸며낸 얘긴지는 알 도리가 없고, 가만히 듣고 있자니 왠지 모두가 식보이처럼 루저 인생을 살아온 것 같기도 하고, 벡비 빰치게 한 주먹 휘두르며 살아온 것 같기도 하다. 그럴 리가.

그래서 결론은 모두가 방황을 했고 고통스러운 20대를 보냈단 얘기를 하고 싶었던 모양이다. 그러면서도 결국은 이구동성 그때가 좋았다고, 아름다웠다고 방점을 찍는다.

술이 어지간히 취해 발동이 걸린 우리들은 우리만의 은밀한 아지트로 향한다.

달리자, 그래 오늘은 우리도 한번 달려보자.

왁자지껄하게 수다를 떨며 트램을 타고 프리드리히 슈트라쎄를 향해 달린다. 여전히 간간이 영화 얘기를 하고 있지만 결론은 "그래도 1편이 나았어." 뿐이다. 뭐 이런 수다를 떨다 보니 어느새 프리드리히 슈트라쎄 기차역까지 와있다.

이제 기차역 굴다리 밑에 간판도 없는 바(Bar)로 들어갈 시간이다. 호그와트 학교로 가는 플랫폼 9와 3/4처럼 간판이 없는 바의 철문 옆에 잘 보이지도 않는 벨을 누르자 팀 버튼의 영화 <이상한 나라의 앨리스>에 나오는 미친 모자 장수 같은 남자가 문을 살짝 열고 빼꼼 내다보더니 내 얼굴을 알아보고 들어오라고 손짓을 한다.

화려한 네온사인 간판이 없는 도시에서, 그날 밤 우리는 심지어 가게 이름조차 적혀있지 않은 철문 안으로 토끼를 쫓아가는 앨리스처럼 하나씩 하나씩 빨려 들어갔다.

Messe
Frankfurt
FRANKFURTER
BUCHMESSE
Eingang | Entrance

춘천 가는 길, 운동화를 신은 노신사

유학 생활을 접고 서울로 돌아와 보니 오갈 데가 없었다. 강사 자리를 구하자니 박사학위가 없었고 취직을 하자니 사십을 앞둔 나이에 그건 사오정 불경 외우는 소리였다. 홍대 앞에서 출판사를 하는 선배 사무실에 책상 자리 하나 얻어서 간간이 번역일을 하며 지내다 기적적으로 취직이 됐다. 해외 서적의 번역판권을 국내 출판사에 연결해주는 저작권 에이전시였다. 때마침 독일어권 담당자가 퇴사를 하면서 몇 달 동안 자리가 비어있었고, 사장은 때마침 찾아온 나에게 나이 대신 종교를 물었고, 어머니는 불교 신자이신데 저는 무교입니다, 라는 내 답변이 썩 맘에 든 것 같진 않았지만 그 자리에서 바로 합격을 시켜줬다.

그 나이에 취직이 된 것도 감사한데 몇 달 뒤에는 심지어 해외 출장을 가야 한다고 했다. 프랑크푸르트 국제도서전이었다. 매번 다음 달 생활비 걱정을 하며 하루하루 살얼음판을 걷듯 불안한 유학 생활을 하다 결국은 경제적 이유보다도 넌 교수감이 아니다, 라는 자가진단을 인정하고 서울로 돌아온 지 1년 만이었다. 이제 직장인이 되어서 다음 달 월세를 걱정하지 않고 회사에서 사주는 비행기표로 출장을 간다니, 또 감사했다.

출장을 며칠 앞두고 양복까지 사 입었다. 할인매장에서 샀지만 처음 입어보는 명품이었다. 구두도 샀다. 생전 안 신던 구두를 샀는데, 그게 화근이었다.

프랑크푸르트 국제도서전, 해마다 프랑크푸르트에서 개최되는 세계 최대 규모의 도서 박람회다. 같은 장소에서는 자동차 박람회인 오토쇼를 비롯해 일 년 내내 수많은 국제 박람회가 개최된다. 비행기 격납고처럼 커다란 전시장이 열 개쯤 되는데 각 전시장마다 그게 또 3층 4층으로 나누어져 있다. 이 많은 전시장들을 뛰어다니며 미팅이 잡혀있는 부스를 찾아다니는 건 드라마에서 보던 해외 바이어와의 미팅이 아니라 살벌한 서바이벌 게임 같다. 3홀 3층에서 두시

반부터 30분간 미팅을 마치고 8번 홀 2층으로 세시까지 다음 미팅을 위해 달려가는 건 물리적으로 말이 안 되는 얘기였지만 모두가 런닝맨 게임하듯 그렇게 뛰어다녔다.

해마다 5일간 개최되는 프랑크푸르트 도서전의 방문객은 약 30만 명. 160여 개 나라에서 온 이 많은 사람들 가운데 출판 관계자만 절반이 넘는다. 그 많은 경쟁자들과 인파를 헤치고 달려가서 미팅을 하고 또 다음 미팅으로 하루 종일 달렸다. 다른 에이전시보다 먼저 괜찮은 원서를 찾아서 한국의 출판사에 소개하고 중개수수료를 벌기 위해 다들 그렇게 '개 발에 땀나게' 뛰어다녔다. 문제는 난 개가 아니었다. 내 발에는 구두가, 엊그제 새로 산 딱딱한 구두가 신겨져 있었다. 걸음이 계속 불편했지만 그런 건 따질 겨를도 없었다.

저녁때 호텔에 돌아와서 구두를 벗자 발이 가관이었다. 퉁퉁 붓고 정강이는 까져서 핏물이 양말에 배어있었다. 한 방에서 묵는 부장이 혀를 끌끌 찼다. 부장이 침대 아래 벗어놓은 신발을 봤다. 얼핏 검은색 구두처럼 보였지만 운동화였다. 포멀하게 차려입고 신으면 저게 구두인지 운동화인지 구분이 어려운, 그렇지만 그건 분명 운동화였다. 런던 도서전, 북경 도서전, 볼로냐 아동도서전 등등 해마다 전 세계 도서전을 모두 찾아다니는 부장은 입사 10년 차가 훌쩍 넘은 베테랑 에이전트였다.

우여곡절 끝에 일 년 반 만에 퇴사를 하고 혼자서 구멍가게만 한 에이전시를 차려 8년쯤 사장 행세를 했다. 그리고 해마다 프랑크푸르트 도서전을 찾았다. 더 이상 호텔에 묵을 수는 없었고 민박집을 찾아다녔다. 에이전시를 접고 베를린으로 다시 돌아오기 전까지 그렇게 십 년쯤 도서전을 찾았지만 첫 번째 출장 이후로 구두는 절대 신지 않는다.

* * *

일요일 밤 열시. 일찌감치 매진된 영화관 앞에는 사람들이

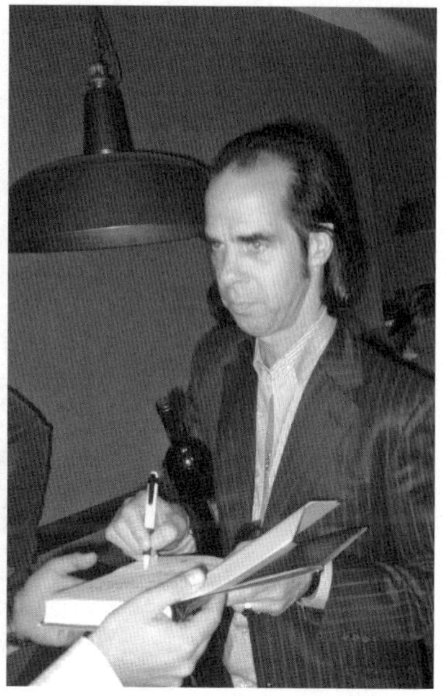

벌써 북적대고 있다. 줄을 서서 기다리는 관객의 절반이 한국 사람들이다. 영화제 '포럼' 부문에 초청받은 장우진 감독의 영화 <춘천, 춘천>이 독일 관객들에게 처음 선을 보이는 날이었다. 이렇게 베를린 영화제에 초청된 한국 영화를 상영하는 날이면 한국 영화에 목말라 있던 현지 교민, 유학생들이 관객석을 많이 채운다.

무리 저편으로 익숙한 형체가 나타났다. 베를린 영화제가 열릴 때마다 늘 보아온 익숙한 노신사가, 오늘도 역시 사람들의 무리 속에 눈에 띄지 않게 섞여 있다. 설마 오늘도 줄을 서시려는 걸까.

김동호 부산 국제영화제 이사장을 처음 보게 된 건 그가 영화제의 집행위원장이던 시절이고 내가 베를린으로 유학을 온 지 2년도 채 안 됐을 무렵이니 벌써 십몇 년 전 얘기다. 독립영화로 베를린 영화제에 초청받은 팀을 우연히 돕게 됐고 덕분에 아이디카드까지 받아서 영화제를 맘껏 누비고 다닐 때였다. 한국 영화를 상영하는 극장마다 양복을 입은 한국인 노신사가 줄 끄트머리에 점잖게 서 있었다. 나중에 그가 부산 국제영화제의 집행위원장이란 걸 알게 됐고 그래서 더 놀랐다. 주최 측에 한마디만 하면 예약석이라도 준비해줄 텐데, 그는 매번 그렇게 혼자 상영관을 찾아와 줄을 서서 입장하곤 했다. 당시에 난 8년 가까이 잡지사 통신원 자격으로 해마다 영화제를 찾았고, 거의 매해 그가 영화관 입구에 줄을 서서 기다리는 모습을 볼 수 있었다. 아마도 내가 서울로 돌아가 우여곡절 끝에 취직을 하고, 양복에 운동화를 신고 도서전 박람회장을 뛰어다니던 10여 년의 그 시간 동안에도 그는 해마다 매서운 추위가 기승을 부리는 2월이면 베를린을 찾아 어느 영화관 앞에서 그렇게 계속 줄을 섰을 것이다. 그리고 그 10여 년의 세월이 흘러 다시 베를린으로

돌아온 나는 좀 더 가까운 거리에서 그를 볼 수 있게 됐다.

* * *

흔히 세계 3대 영화제로 꼽는 칸, 베니스, 베를린 국제영화제 기간에는 영화진흥위원회에서 주최하는 '한국 영화의 밤' 행사가 열린다. 전 세계 영화제의 집행위원장과 영화 관계자들. 그해 초청받은 한국 작품들의 감독과 배우들을 초청해서 열리는 행사다. 베를린 영화제 기간 중에는 이 행사를 문화원에서 개최하는데 보통 월요일에 행사가 열린다. 전 세계에서 베를린을 찾은 영화 관계자들에게 제일 중요한 건 당연히 좋은 영화를 찾아서 기사를 쓰고 수상작을 예측하고 필름마켓에서 영화 판권을 거래하는 일이지만, 모든 국제행사가 그렇듯 애프터 파티가 빠질 수 없다. 밤마다 베를린 시내 곳곳에서 열리는 파티를 찾아다니는 건 빼놓을 수 없는 영화제의 백미이고, 파티 음식으로 한식이 제공되는 코리아 무비 나이트 역시 전 세계의 영화 관계자들 사이에 꽤 정평이 나 있는 행사 중 하나다.

문화원에 취직한 뒤 몇 년쯤 지나서 한국 영화의 밤 행사를 담당하게 됐다. 당연히 김동호 이사장도 참석을 했다. 예식장 입구에서 하객을 맞는 양가 부모님들처럼 영진위원장, 대사, 문화원장과 함께 그가 행사장 입구에서 VIP들을 맞았다. 그리고 그 순간 그가 신고 있는 구두가 눈에 들어왔다. 조금 많이 낡은 검은색, 구두인 줄 알았는데 운동화였다. 얼핏 보면 구분이 안 되지만 그건 분명 구두가 아니라 운동화였다.

오래전 처음으로 해외출장을 나왔던 그때가 생각났다. 그리고 전 세계의 이루 헤아릴 수 없을 만큼 많은 국제영화제를 찾아다니며 감독과 배우가 턱시도와 등이 움푹 패인 드레스를 입고 레드카펫을 밟고 있을 때, 때론 그 뒤에서 굵직한 비즈니스를 하며 전 세계의 영화인들을 만나다가도 어느새 영화제에 처음 초청받은 어느 젊은 한국 감독의 영화가 상영되는 극장을 찾아가 관객들과 함께 줄을 서 있는 그와 함께했을 운동화를 물끄러미 살짝살짝 훔쳐봤다.

때론 멋을 위해 불편함도 감수해야 한다고들 한다. 많이 불편해도 포기할 수 없는 멋이라는 게 있다. 폼생폼사. 하지만 멋에도 때와 장소가 있고 상황이 있다. 하얀 와이셔츠와 양복, 여기에 운동화가 더 어울리는, 더 멋져 보이는 그런 순간들이 있다.

국제영화제 '선수'처럼 즐기기

태국 영화를 보러 갔다. 제목만 보고 흥미진진한 영화일 거라고 생각했다.

일찌감치 줄을 서서 기다리고 있는데 뒤에 서 있던 남자가 일본말로 뭐라 뭐라 말을 걸어온다. 저는 일본 사람이 아닙니다, 했더니 남자가 아주 소심하고 서툰 영어로 자신은 일본의 어느 어느 현에서 영화제를 기획하는 사람이라고 더듬더듬 소개를 했다. 나 역시 유창하지는 않아도 반가운 마음에 영어로 몇 마디 말을 걸어보았더니 중년의 남자가 점점 더 버거워하기 시작한다.

몇 분 뒤 곱슬머리의 남자가 뒤에 와서 줄을 섰다. 둘이서 서툴게 영어를 주고받는 모습을 보더니 환한 웃음을

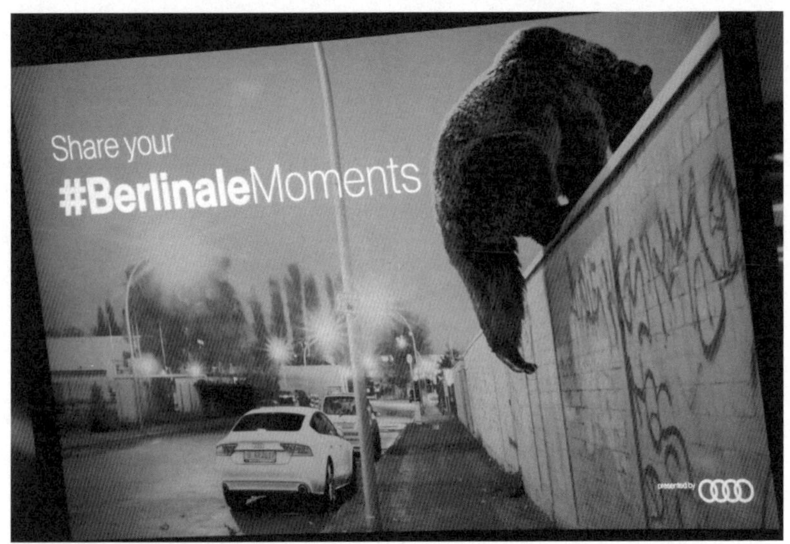

짓는다. 이번에는 곱슬머리에게 말을 걸어보았더니 이 남자는 아예 영어를 못한다. 영화제에 참가한 장우진 감독의 영화 “어텀, 어텀”(Autumn, Autumn, 춘천, 춘천)을 못 알아듣고 자긴 영어를 정말 못한다고 독일말로 얘기를 한다.

곱슬머리는 아시아에 관심이 없었다고 했다. 그런데 몇 년 전 처음 태국을 가보고 아시아가 너무나 좋아져서 태국 영화를 보러왔다고 했다. 곱슬머리와 독일어로 한참 수다를 떨었다. 그리고 입장.

영화가 시작되고 스크린 속에서 기차가 달리기 시작한다. 영화는 시작부터 10분 동안 기차 안 모습과 스쳐 가는 기차 밖 풍경만 보여준다. 조금씩 지루해진다. 잠시 후 여기

저기서 엉덩이를 들썩거리기 시작한다. 영화제에서는 흔한 풍경이다.

국제영화제에서는 마케터와 영화 담당 기자, 영화 평론가 같은 영화 관계자들의 관극 '행태'를 관찰하며 은근슬쩍 따라 하는 재미도 쏠쏠하다. 시간에 쫓기는 이런 사람들은 보통 상영관 맨 끝자리나 가장자리를 먼저 차지한다. 그리고 영화가 시작되고 5분이 지나면 여기저기서 엉덩이를 들썩거리는 기운이 느껴진다. 그러다 누군가는 휴대전화 진동음과 함께 전화기를 손으로 가리고 귓속말을 하며 다급하게 뛰쳐나가기도 하고, 영화가 10분쯤 흐르고 나면 아예 가방을 챙겨서 자리를 뜨는 경우도 흔하다. 베를린 영화제가 개최되는 열하루 동안 아직 공개되지도 않은 따끈한 400여 편의 신작 영화들을 보고 기사를 쓰고, 평론을 쓰거나 아니면 심지어 판권 구매를 결정해야 하는 그들에게 시간은 돈이고 일이다. 제한된 기간 안에 그 많은 영화들을 봐야 하는 그들은 거의 사무적으로 영화를 보고, 영화가 시작되자마자 분위기 파악을 하고 나면 30분 뒤에 시작하는 또 다른 영화를 보기 위해 슬쩍 자리를 뜬다. 한 편이라도 더 많은 영화를 보기 위해서는 아니다 싶을 때 벌떡 일어서는 과감하고 싸가지 없는 결단이 필요하다.

15분쯤 지나자 대여섯 명이 자리를 정리하고 당당하게 일어서서 출입구로 향한다. 그리고 몇 분 뒤에는 태국 영화가 너무 좋다고 너스레를 떨던 곱슬머리의 독일 남자와 함께 나 역시 영화관을 나와서 또 다른 영화관으로 향하고 있었다.

베를린이라서, 베를린이니까

"여기 두 자리 좀…."

단편영화들만 여러 편을 모아서 상영을 하는 프로그램에는 항상 사람들이 몰리고 그만큼 늘 좌석 경쟁이 치열하다. 장르도 무궁무진, 기발한 상상력을 보여주는 전 세계의 따끈따끈한 신작들을 한자리에서 볼 수 있으니 음식으로 치자면 육해공 요리를 한 입씩 먹어볼 수 있는 시식 행사 같다. 영화관에 일찌감치 도착해서 자리를 잡고 앉아 기다리는데 옆자리에 앉아있던 남자가 잠시 뭐라고 중얼거리더니 가방을 놔둔 채 자리를 뜬다. 아마도 내게 자리를 좀 지켜달라고 대충 얘기한 모양이다.

오케이. 그래 지켜주지 뭐. 난 얼떨결에 남자의 자리를 지켜준다.

뒤늦게 들어오기 시작한 사람들이 사방을 두리번거리며 자리를 찾다가 자꾸만 내게 비어있는 옆자리를 가리키며 물어본다. 여기 사람 있어요? 네, 있어요. 그 옆자리는요? 두 자리 다 사람 있어요.

동행도 아닌데 졸지에 이십 분쯤 그렇게 자리를 지켜줬더니 영화가 시작되기 직전에야 자리를 맡겨놓고 나간 1번 남자가 헐레벌떡 2번 남자를 데리고 돌아오며 고맙다고 끄덕 인사를 한다.

“이렇게 빨리 자리가 차는 줄 몰랐어요.”

2번 남자가 영국식 발음으로 1번 남자에게 말한다. 늦게 와서 죽도록 미안한 척을 하는데 정말로 미안한 건 아닌 거 같고 왠지 선보러 나온 여자 같은 말투다.

1번 남자가 괜찮다고 손사래를 치며 뭐라고 둘이 영어로 쏙덕대는 순간 극장이 암전되고 베를린 영화제 공식 시그널 음악이 스피커를 찢을 듯 쏟아져 나오면서 화면이 밝아진다. 보아하니 친한 사이는 아니고 아마 영화제 때문에 사업상 만나는 관계이거나 아니면 영화 담당 기자들 같다.

2번은 영국식 억양을 쓰고 1번은 독일 사람이다. 1번과 2번 사이에 묘한 연기가 뽀송뽀송 피어오르고 첫 번째 영화가 시작된다.

페이드 아웃. 페이드 인.

아프리카의 한 가정집 풍경이 펼쳐지고 온 가족이 차를 타고 들판으로 나간다. 그리고 토끼사냥을 시작한다. 누나도 형도, 언니도 동생도 갈대밭을 뛰어다니며 토끼를 잡기 시작한다. 그 자리에서 잡은 토끼의 머리를 쳐서 죽인다.

그렇게 모두 열여섯 마리 토끼를 사냥해서 때려잡은 가족이 다시 SUV를 타고 집으로 돌아온다. 그리고 온 동네로 전화와 SMS를 돌린다.

"토끼 잡았음."

껍질을 벗기고 머리를 따고 다섯 마리는 동네 아줌마에게 비닐봉지에 담아서 팔고 나머지 열한 마리는 펄펄 끓는 기름물에 밀가루를 입혀서 퐁당 ….

토끼가 한 마리 한 마리 죽을 때마다 2번 남자가 가늘게 비명을 지른다. 오 곳드(Oh God!). 토끼의 사체를 생닭처럼 뜨거운 물에 퐁당 하는 장면에서는 1번 남자가 으으으, 하면서 몸서리를 친다. 이건 뭐 흡사 조금 전 소개팅으로 만난 남녀가 차 한잔 마시며 호구조사하다 얘기할 소재가 떨어져서 우리 뭐 할까요? 영화나 보러 갈까요? 그럼 그럴까요? 단편영화는 어떠세요? 이렇게 영화관을 찾은 모양새다.

아, 그래. 여긴 베를린이지. 매력적이고 스타일리시하고 좀 괜찮다 싶은 남자들은 좀체 여자들에게 차례가 돌아가지 않는, 여기는 베를린이었지.

영화관에 앉아서 영화보다 더 영화 같은 상상력을 발휘

하며 내 멋대로 두 사람을 짝짓기하다 보니 정작 영화는 눈에 들어오지 않고 어느새 난 두 사람이 오늘 영화관을 나가서 쉬지 않고 수다를 떨며 밤새도록 베를린 시내를 걷는 모습을 머릿속으로 그려보고 있다. 비포 선라이즈 in 베를린? 그렇다면 여기가 포츠담 광장이니까 일단 두 사람은 브란덴부르크문을 통과해서 운터 덴 린덴을 따라 걷다가 훔볼트대학을 지나 섬 박물관까지 가겠지. 그리고 다시 크게 원을 그리며 프리드리히 슈트라쎄까지 걸어가서, 기차역 아래 운하를 따라 길게 늘어서 있는 노천카페들 중 어딘가에 앉아 와인을 마시며 분위기를 잡겠지. 말도 안 되는 상상을 하다 문득 정신을 차려보니 열여섯 마리 토끼는 모두 사라진 지 오래고 벌써 세 번째 영화가 시작되고 있었다.

사랑하기 때문에

"사랑을 하지 못하니까 사는 거에 집착하는 거야!"

금년 베를린 영화제 기간에는 스무 편 남짓 되는 영화들을 봤다. 폴커 슐렌도르프 감독의 <리턴 투 몬타우크>를 보던 날은 저만치 뒷좌석에 관객으로 앉아있는 빔 벤더스 감독을 힐끔힐끔 외계인 보듯 쳐다봤고, 회사에 반차를 내고

새벽부터 찾은 기자회견장에서는 아키 카우리스마키 감독의 악동 같은 미소를 카메라에 담았다. 오래전부터 잡지에 영화칼럼을 써온 실적을 디밀고 프레스카드를 받아서 베를린 영화제 기간만 되면 이렇게 영화기자라도 된 듯 호사를 누린다.

홍상수 감독의 신작도 경쟁부문에 초청됐다. 영화보다 감독과 여배우의 연애사에 대한 이야기가 더 많이 사람들의 입에 오르내리던 무렵이었고, 그래서 과연 감독이 주연 여배우와 함께 대중 앞에 등장할 것인지 여부가 국내 언론에서는 초미의 관심사였지만, 정작 영화제가 열리는 베를린 현지에서 그런 문제에 신경을 쓰는 사람은 아무도 없었다.

<밤의 해변에서 혼자>를 봤다. 그렇게 국내 개봉도 안 한 영화의 첫 번째 관객이 됐고 조짐이 느껴졌다. 영어 까막눈인 극 중 영희(김민희)가 천진난만한 표정으로 상대가 어떤 말을 해도 "아이 앰 헝그리"로 응수하는 바람에 객석에서 웃음이 계속 터져 나올 때 그랬고, 쉴 새 없이 등장하는 술자리 장면에서 영희가 토해내듯 사랑에 대해 일갈하는 장면에서는 등골이 서늘해지면서 심지어 그런 생각을 했다. 황금곰상은 아니지만 여우 주연상은 받을 수 있지 않을까. 섣부른 기대감이지만 어쩌면, 어쩌면 이러다 정말 그럴 수도 있지 않을까?

영화감독인 유부남을 사랑하는 극 중 영희, 그런 영희와 같은 상황에 놓여있는 주연배우의 실제 현실과 극 중 연기가,

대사 한 마디 한 마디가 자꾸만 오버랩됐다.

새 영화가 개봉을 하고 주인공이 언론과 인터뷰를 할 때면 늘 하는 말이 있다. 극 중 인물에 너무 감정을 몰입해서 촬영이 끝난 뒤에도 다시 일상으로 돌아오는 게 너무 힘들었어요…. 세상을 달관한 듯 여유로워 보이다가도 어느 순간 모든 걸 다 걸고 쥐어짜내듯 사랑에 대해 일갈을 토해내던 사람은 극 중 영희였을까? 아니면 배우 자신이었을까?

영화를 보고 난 뒤 일찌감치 현지 특파원들에게 김민희 배우가 아무래도 여우주연상을 받을 것 같다고, 농담 반 진담 반 수다를 떨었다. 우린 만약에 누가 먼저 소식을 접하건 서로에게 제일 먼저 알려주기로 했다.

한밤중에 나는 독일을 생각한다
Denk ich an Deutschland in der Nacht

"좋은 오디오 장비와 커다란 음악, 그리고 모두를 위한 자유!"

<한밤중에 나는 독일을 생각한다>는 베를린과 프랑크푸르트에서 활동하는 디제이들의 작업을 조명하고 있는 다큐멘터리 영화다. 독일 전자음악의 개척자로 손꼽히는 디제이들은 자신들이 걸어온 음악적 여정에 대해 일상에 대해, 90년대 이후 테크노 음악의 발전사와 클럽씬에 대해 이야기한다.

한밤중에 독일을 생각하면, 잠을 이룰 수가 없다,
더 이상 눈을 감을 수 없고 눈물만 흐른다….

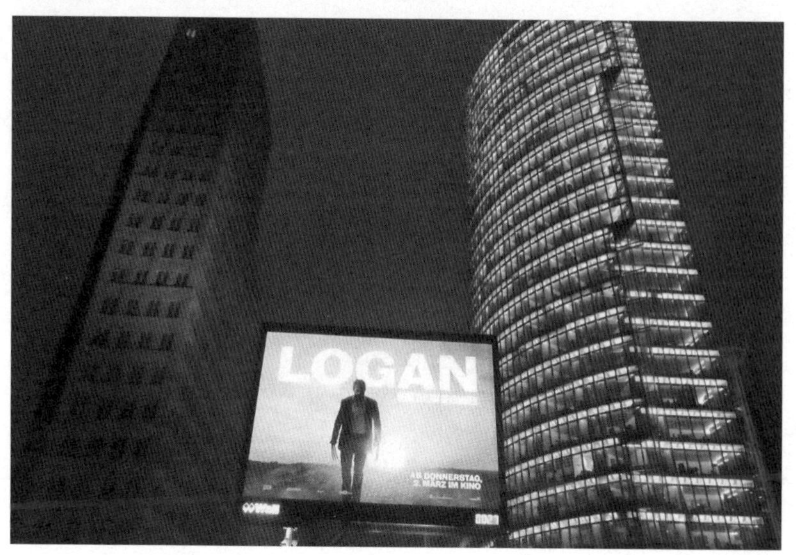

프랑스에 망명 중이던 하이네가 조국 독일과 그곳에 계신 어머니를 생각하며 애틋하게 써 내려간 장문의 시는 이렇게 이어진다. 영화는 하이네의 시에서 제목을 가져왔다. 감독은 고국에 돌아갈 수 없는 시인이 잠을 못 이루며 조국을 염려하고 어머니를 그리워하며 써 내려간 시 제목을 가져와 독일 전자음악씬의 유래를 서사한다. 제목의 유래를 알고 나면 다소 생뚱맞은 조합이다.

금요일 밤 10시 30분

포츠담 광장이 황량해졌다. 좀비처럼 지친 얼굴로 사람들이 하나둘씩 집으로 향하고 있다. 하루 종일 내린 겨울비로

거리마저 질척하다.

영화평론가, 영화기자, 영화마케터, 영화배급사 직원, 영화애호가, 영화전문 블로거, 영화가 너무 좋은 관객들. 지구 반 바퀴를 돌아서 베를린을 찾아온 그들이 다시 지구 반 바퀴를 돌아서 집으로 가기 위해 하나둘씩 포츠담 광장을 떠나고 있다.

영화제 마지막 이틀은 그동안 영화 관계자들에게 많은 좌석을 양보했던 일반 관객들이 영화제의 주인공이 되는 주말이다. 이제 내일과 모레는 가족끼리 연인끼리 모여든 일반관객들이 포츠담 광장을 또 가득 메우고, 내일 저녁이 되면 황금곰상을 누가 가져갈지 결정이 된다.

베를린 영화제를 처음 현지에서 경험한 지도 어느덧 이십 년이 됐다.

어느 해였던가? 안소니 홉킨스가 양들의 침묵 후속편으로 베를린을 찾았을 땐 기자회견장에서 기자 한 명이 질문 대신 채소를 들고 다가가다 제지를 받는 에피소드도 있었다. 사람 먹지 말고 채소를 드세요. 라고 말하며 무대 쪽으로 향하던 기자는 결국 렉터 박사에게 채소를 건네주었던가? 기억이 잘 나지 않는다. 그리고 또 어느 해였나, 니콜라스 케이지가 사람들에 둘러싸인 모습을 먼발치에서 지켜봤는데 그것만으로도 사방에 광채가 가득했던 건 신기한 경험이었다. 의식의 흐름처럼 생각에 생각이 꼬리를 물다 기억은 아주 오래전, 베를린 유학생 시절까지 거슬러 올라간다.

* * *

초심에 관하여

한국 사람의 입장에서 2001년은 베를린 영화제 사상 가장 화려했던 한 해로 기억한다. 나에게는 베를린 유학 생활 4년 차였던 그해, 영화 <공동경비구역>이 경쟁부문에 초청을 받았고 박찬욱 감독이 이영애, 신하균, 송강호, 김태우 같은 배우들과 함께 레드카펫을 밟았다. 비중 있는 출연 배우들이 모두 기자회견에 참석을 했으니 역대 최대 규모였지 싶다.

베를린 영화제가 2차 세계대전 종전과 동서독 분단 이후 냉전과 이념대립이 첨예하던 1951년, 구동독 지역 한복판에 있는 섬 같은 도시에서 시작됐으니, 동족상잔과 분단, 이념대립을 극적으로 보여주는 영화 <JSA>가 베를린의 초대를 받은 건 당연한 일이었다. 이런 역사적 배경을 지닌 도시에서 열리는 국제영화제 베를리날레는 태생부터 정치적인 색채를 띨 수밖에 없었고 주최 측은 이러한 정치적 의도를 굳이 숨기지도 않았고 정치적인 주제를 다룬 영화들을 환영했다. 남과 북이 판문점에 선을 그어놓고 서로 반대편에 서서 서로 그림자가 넘어왔다고 협박을 하며 실제로는 남북한의 병사들이 서로 애틋하게 마음을 주고받는 영화가 독일 사람들에게 관심을 끌지 않을 수 없었다.

영화는 감동적이었지만 심사위원들의 마음을 움직이기에는 2퍼센트 부족했는지 수상은 하지 못했지만 정작 더 재밌는 일은 그로부터 2년 뒤에 일어났다.

긴 머리에 턱시도를 입고 배우 이영애와 함께 레드카펫을 밟았던 박찬욱 감독이 베를린을 다시 찾아왔다. 이번엔 홀몸이었다. 군인처럼 짧게 머리를 자르고 가죽점퍼에 청바지 차림의 감독이 혈혈단신으로 베를린까지 가져온 영화는 <복수는 나의 것>이었다. 만두가 싫어지게 만든 영화 <올드보이>, '너나 잘하세요'의 <친절한 금자씨>로 이어지는 복수 3부작의 시작이었다.

영화는 충격적이었고 신선했고, 처절했고 애절했고, 무엇보다도 치열했다. 지금도 내 인생의 영화를 꼽으라고 하면 열 편 중에 한 편으로 반드시 넣을 만큼 진심 좋아하는 이 영화를 감사하게도 베를린 영화제에서 남들보다 먼저 접했다.

<복수는 나의 것>은 경쟁부문이 아니라 영화제의 '포럼' 섹션에 초대됐다. 경쟁부문보다는 훨씬 소박한 섹션이다. 주로 독립영화, 다큐영화, 그리고 소자본의 예술영화들이 초대된다. 영화가 끝나면 감독과 관객과의 대화 시간도 있다. 영화와 감독이 관객들과 직접 만나는 자리가 주어진다.

감독은 이렇게 말문을 열었다. 이 영화를 너무나 만들고 싶었지만 투자자를 찾을 수가 없었다고. 그런데 <공동경비구역>이 대성공을 거두자 너 나 할 것 없이 투자를 하겠다고

했고, 자금을 대줄 테니 영화는 맘대로 만들라고 했다고. 그래서 이 영화를 만들 수 있었다고 했다.

군인처럼 짧은 머리를 한 감독에게서도, 그렇게 완성된 영화에서도 치열함이 느껴졌다. 군살 하나 없이 주제에 집중하고 치열하게 끝까지 밀고 나간 뚝심도 느껴졌다. 영화란, 여느 예술 장르보다도 많은 사람이 참여를 하고 복잡한 자본주의 시스템을 거쳐야 작업 자체가 가능하단 사실을 감독은 단 몇 마디의 말로 진심을 다해 그렇게 전했다.

이후로도 수많은 한국 영화들이 영화제에 초청됐고 그들 중 누군가는 웃기는 영화, 그러면서 사람의 심금을 울리는 영화, 그러니까 내가 생각하는 최고의 영화를 가지고 베를린을 찾아왔다.

그간 베를린영화제에서 만난 영화들 가운데 가장 인상적인 건 두 부류의 영화들이다. 이미 세계영화사의 반열에 오른 거장 감독이 내놓는 신작, 또 하나는 데뷔작을 들고 찾아온 신인 감독의 영화들. 작품이 공개되기 전부터 이미 주목을 받으며 화려한 주 상영관에서 레드카펫을 밟는 거장 감독들에게서는 여유가 느껴진다. 세상에 처음 내 영화를 내놓는 신인 감독들에게서는 치열함이 느껴진다. 신인 감독도 아닌 박찬욱 감독에게서는 여유와 치밀함이 모두 느껴졌고,

그래서 이후의 행보가 더 궁금해졌다. 십 년이 지나도, 이십 년이 흐른 뒤에도 그는 지금처럼 초심을 잃지 않을 수 있을까? 초심을 잃지 마라. 초심을 잃지 않고 열심히 하겠습니다! 여느 운동선수, 여느 배우나 피아니스트의 인터뷰에서도 흔하게 들을 수 있는 말이지만 과연 그 말을 지키면서 사는 사람은 몇이나 될까.

올해 베를린 영화제를 찾았던 영화감독들은 언젠가 또다시 영화제에 초청을 받아 오게 될지도 모른다. 그중 누군가는 턱시도를 입고 주연 여배우와 팔짱을 끼고서 레드카펫을 밟을 것이고, 또 다른 누군가는 그 옛날의 박찬욱 감독처럼 초심으로 무장을 하고서, 자신이 가장 만들고 싶었던 영화를 가지고 베를린을 찾을지도 모른다.

어느 경우가 되었건 관객 입장에선 즐거운 일이다.

언제나 초심이 당신과 함께하길.

ZDF

폐막식

일찌감치 퇴근을 해서 집에 돌아와 저녁을 챙겨 먹고 다시 노트북을 열었다. 영화제 홈페이지에서 라이브 스트리밍으로 생중계를 해주는 폐막식 행사를 인터넷으로 지켜보고 있는데 행사가 끝나갈 무렵 “여우주연상 킴민히~”라고 외치는 사회자의 멘트가 들렸다. 배우가 무대에 오르는 모습을 챙겨볼 겨를도 없이 외투부터 입었다.

다시 카메라 가방을 챙기고 집을 나서면서 베를린에 상주하고 있는 한 언론사 특파원 기자에게 문자를 넣었다.

ㅇㅇ 기자님. 김민희 배우가 정말로 여우주연상 탔어요.

이 팀장님 돗자리 깔아야겠네.

폐막식이 열리고 있는 주 상영관 앞에 도착하자 마침 행사를 마치고 레드카펫을 걸어 나오는 감독과 배우가 시야에 들어왔다. 재빨리 카메라 줌을 당겨서 두 사람을 잡았다. 그리고 카메라와 스마트폰을 동기화시켜서 언 손을 호호 불면서 재빨리 사진 몇 장을 초이스했다. 그리고 톡으로 특파원 몇 명, 한국에서 영화기자로 일하는 친구들에게 사진을 전송하고 나자 마치 파파라치 기자라도 된 기분이다.

아침이면 출근을 하고 퇴근을 하면 영화관으로 향하는 생활을 열흘 동안 반복하다 보니 어느새 금년 영화제도 이제 내일이면 끝이다. 해마다 반복되는 루틴이다. 휴가 중이 아닌데도 퇴근을 하면 날마다 영화 속으로 떠났다. 지난 열흘 동안 어제는 태국에서 기차여행을 하고, 오늘은 에든버러의 골목길을 헤매는 행복한 시간이었다.

그리고 이제 내년을 기약하며 일단은 다시 일상으로 돌아갈 시간이다.

RESTAURACE MLEJNIC

Part 3 조금 더 오래된 기억들

추억과 기억, 영화로 복기하기

아주 특별한 장례식

"우리 아부지 하늘집 갔어요 ^^"

부친상을 전하는 친구의 문자에 장난스런 꺾쇠 표시가 들어있는 걸 보고 그 상황에 나도 모르게 피식 웃음이 나왔다. 그림 그리는 직업을 가진 녀석은 인생을 절반쯤 통달한 것 같은 간결한 그림으로 매번 날 놀라게 했는데 이번에도 역시 기대를 저버리지 않았다.

늙고 병든 아비의 죽음을 이미 오래전부터 예감하고 있던 친구는 그래도 햇살 좋은 날 가셔서 다행이라고 했다. 사실 문자 뒤에 붙은 꺾쇠 표시는 사람들에게 먼 걸음 하게 만들어서 미안하다는 뜻도 담고 있었다. 친구와 문자를 몇 번 주고받은 뒤에 난 스마트폰에 어플을 설치해서 다음 날

열차표를 예매했다.

재즈의 본고장 뉴올리온즈에서는 장례행렬을 따라가며 재즈를 연주했는데 “When the Saint go marchin‘ in”처럼 경쾌한 곡들이었다고 한다. 누군가의 장례식을 상상할 때마다 재즈를 물이나 공기처럼 좋아하는 나는 그런 생각을 했다. 흑인들처럼 장례식에서는 경쾌한 음악을 틀면 어떨까. 그러면 떠난 사람도 보내주는 사람도 좀 더 마음이 가볍지 않을까. 내가 제일 좋아하는 마일즈 데이비스나 키스 자렛의 곡들은 너무 진지하고 무거우니까 그보단 경쾌한 느낌의 스탠다드 스윙재즈곡들이 좋겠어.

다음 날,

생전 처음 청주행 기차를 타면서 문득 내 아버지 생각을 했다. 팔순이 가까운 아버지는 언제부턴가 영정사진 타령을 했다. 보다 못한 누이가 결국 영정사진을 액자까지 맞춰서 집에 보관해두었다고 하자 아버지는 그제야 안심을 했다. 언제 세상을 떠나도 담담하게 받아들일 수 있는 나이에 접어들자 꼼꼼하고 깐깐한 아버지는 그게 늘 마음에 걸렸던 모양이다. 자식들 입장에선 영정사진을 미리 만들어둔다는 게 차마 못 할 짓이다 싶었지만 노쇠해져가는 부모 마음은 그게 아니었다.

기차가 한강을 건너고 서울을 벗어날 때쯤 문득 그런 생각이 들었다. 내 아버지가 세상을 떠나면 어떤 음악을 틀어드릴까? 역시 재즈다.

내가 아주 어렸을 때였다. 크리스마스가 다가오면 퇴근하고 돌아온 아버지는 날마다 팻 분의 캐럴을 틀어주었다. 색바랜 빨간 기와지붕이 얹혀있고, 천장에 쥐들이 바스락거리며 뛰어다니는 집이었는데, 진공관 전축에서 경쾌한 브라스 밴드가 잔잔하게 울려 퍼지기 시작하면 아버지는 엄지와 가운뎃손가락을 튕기며 탁탁 박자를 맞추곤 했다. 그래, 내 아버지의 장례식에는 팻 분의 캐럴이 좋겠어….

해가 질 무렵에 도착한 장례식장은 생각보다 한산했다. 평일 저녁 시간에 지방까지 찾아온 문상객들은 많지 않았고 아마도 늦은 밤이 되어야 다들 도착할 것 같다고 했다. 영전 앞에 향을 피우고 절을 하고 난 뒤 식당 한구석에 소주 한 병을 놓고 마주 앉는데 친구의 눈이 뭔가 아쉬운 듯 희미하게 반짝거렸다.

"사실은 좀 특별하게 보내드리고 싶었는데 그게 쉽지가 않더라."

친구는 장례식을 평범하게 치르는 게 싫었다. 그래서 그림도 좀 그리고 퍼포먼스까지는 아니더라도 조금 특별한 이벤트를 해보고 싶었지만 가족들이 찬성하지 않았다. 결혼식이건 장례식이건 우리나라에서 모든 경조사는 엄숙해야 하고 남들과 크게 다르면 안 된다. 천상 예술가의 피가 흘러넘치는 친구 역시 집에서는 그저 말 잘 듣는 막내아들일 뿐이었고 그래서 결국은 뜻을 굽힐 수밖에 없었다. 내 아버지의 장례식에 팻 분의 캐럴을 틀어놓을 가능성도 사실은 크지 않다. 게다가 나 역시 우리 집에서 막내다. 그렇다면 가능성은, 거의 제로였다. 그렇다고 해서 실제로 초상집 풍경이 엄숙하기만 하냐면 그건 또 아니다.

* * *

외할아버지가 돌아가셨을 때 난 아직 초등학생이었다. 엄마를 비롯한 여자들은 문상객이 찾아오면 하얀 소복을 입고 마루에 모여 앉아서 곡을 했다. 조금 전까지 정신없이 음식을 나르거나 수다를 떨던 여자들이 '아이고! 아이고!' 곡을 하면서 눈물을 흘리는 데 걸린 시간은 불과 5초도 되지 않았다. 그러다 문상객이 절을 마치고 일어서면 언제 울었냐는 듯 다시 부엌으로 돌아갔다.

생전 처음 보는 낯선 청년이 외할아버지의 영정 사진 앞에 엎어져서 한참 동안 서럽게 울기도 했는데, 나중에 좀 더 나이를 먹고서 알게 된 사실이지만 그 남자는 외할아버지가 밖에서 낳은 자식이라고 했다. 지금의 내 나이보다 훨씬 더 젊었던 그 청년은 그날 이후로 가족 모임이 있을 때마다 선물을 한 꾸러미씩 들고 찾아왔다. 아비의 장례식이 이복형제들 간에는 화해와 소통의 계기를 마련해준 셈이었다.

기억나는 일이 한 가지 더 있다. 날이 어두워지고 거나하게 술에 취한 문상객들이 여기저기서 화투판을 벌이며 밤샘 준비를 시작할 무렵이었다. 갑자기 마루 한복판에서 이모와 외삼촌이 악을 쓰며 싸우기 시작했다. 돈 문제 때문에 한동안 얼굴을 안 보고 지내다 제 아비의 초상집에서 만난 김에 한판 붙은 거였고 덕분에 초상집은 난장판으로 변해버렸다.

외할아버지가 돌아가신 건 물론 슬펐지만, 어린아이의

시선으로 내가 경험한 첫 번째 초상집 풍경은 한 편의 연극처럼 낯설고 신기하고, 솔직히 그 무렵 보았던 단체관람영화보다 훨씬 더 재밌었다.

* * *

영화 <학생부군신위>에는 어릴 적 내가 보았던 풍경과 비슷한 장면들이 쉬지 않고 이어진다. 마치 서너 군데 초상집에서 벌어지는 에피소드를 모아놓은 듯 별의별 상황이 다 벌어지는데 그게 낯설지가 않다.

물론 과장된 부분도 있다. 고인이 된 박 노인이 자주 드나들던 단골 다방 아가씨들이 부조금 대신 커피를 가져왔다가 문상객들과 한바탕 춤판이 벌어지는 풍경도 좀 그렇다. 하지만 극영화라는 장르적 특성 때문에 가미된 몇몇 극적 장치에도 불구하고 <학생부군신위>는 한 편의 다큐멘터리를 보는 듯 착각이 일 정도로 초상집 풍경을 객관적이고 치밀하게 기록하고 있다. 실제로 박철수 감독이 부친상을 당하고 상주가 되어 초상을 치르며 겪었던 일들에 기초해서 만든 이 영화에는 장례 절차가 워낙 상세하게 묘사되어 있어서 사료적 가치도 뛰어나다. 제임스 조이스의 소설

<율리시즈>와 <더블린 사람들> 속에는 아일랜드의 수도 더블린이 너무나 생생하게 묘사되어 있어서 지구에 대홍수가 일어나 모든 도시가 멸망하더라도 더블린은 복원할 수 있을 정도라고 한다.

친구 아버지의 장례식장에서 돌아온 뒤, 오래전에 보았던 영화 학생부군신위의 내용을 희미하게 떠올리며 인터넷 카페를 이 잡듯이 뒤졌다. 그렇게 해서 2만 원을 주고 어렵게 구한 비디오테이프로 영화를 다시 보다가 문득 그런 생각이 들었다. 넘쳐나는 장례대행 상조업체들이 전부 부도가 나도 이 영화 한 편만 있으면 끄떡없겠다. 이 비디오테이프, 잘 보관해야겠구나….

지난주에도 장례식장에 다녀왔다. 이번엔 다른 친구의 아버지가 돌아가셨다. 이제 병원에서 치르는 장례식 풍경은 어릴 적 내가 보았던 초상집과도, 영화 속 풍경과도 다르다. 더 이상 곡소리도 들을 수 없고 영정사진 앞에는 향과 함께 기독교 신자를 배려한 하얀 국화도 놓여있다. 시신도 영정사진 뒤에 모셔놓은 게 아니라 병원 영안실에 따로 안치되어있었다.

일회용 스티로폼 그릇에 담긴 밥과 국을 장난감 같은 플라스틱 숟가락으로 퍼먹고 난 사람들이 대충 눈치를 보다가 슬금슬금 자리를 뜨기 시작한다. 나 역시 오랜만에 만난 동창들과 함께 술집으로 향했다. 언제 장례식장에 있었냐는 듯 그렇게 우린 서로의 안부를 물으며 자정이 넘도록 술집에 앉아서 취해가고 있었다. 그러다 문득 친구가 했던 말이 다시 떠올랐다.

좀 특별하게 보내드리고 싶었는데 그게 쉽지가 않더라….

그날 밤, 집으로 돌아오면서 난 언젠가 내 아버지가 세상을 떠나면 그땐 정말로 팻 분의 캐럴을 틀어야겠단 생각을 굳혔다. <학생부군신위>처럼 완벽한 장례를 치를 순 없을지라도 당신이 젊고 빛났던 시절에 좋아했던 그 음악을 꼭 들려드리겠다고, 그래서 10분 만에 조문을 마치고 돌아가는 사람도 당신을 특별하게 기억할 수 있도록 해야겠단 생각이 들었다.

그때 왜 그러셨어요

"억울하면 부모님 모셔와."

이루 헤아릴 수조차 없는 세월이 흘렀는데 아직까지도 3D 영화처럼 눈앞에 생생하게 떠오르는 장면이 있다. 그때 난 막 초등학교 4학년이 됐고 그날은 반장선거를 하는 날이었다. 사실은 '선거'가 아니라 '지명'이었다. 무슨 이유에서인지 모르지만 그땐 반장 부반장을 담임교사가 일방적으로 지명했다. 성적도 나쁘고 아이들과 어울리지도 못하는 샌님 같은 아이가 반장, 그리고 난 부반장이 됐다. 그런데 차가운 표정으로 할 말을 마친 담임선생이 내 옆을 스쳐 지나가면서 반 아이들 모두 들으라는 듯 큰 소리로 그렇게 말했다. 억울하면 부모님 모셔 오라고…. 도둑이 제 발 저려서 '선빵'을 날린 거였지만 지금도 정확히 기억하는데 난 부반장이 된 게 전혀 억울하지 않았다. 억울하면 부모님을 모셔오란 말도 이해하지 못할 만큼 난 그저 어린아이였지만 그 얘기를 전해 들은 엄마의 반응은 달랐다.

그래서 결국 그날 저녁에 벌어진 일도 기억난다. 버퍼링 걸린 동영상처럼 드문드문 기억나지만, 엄마와 내가 담임선생이 사는 오래된 한옥집 앞에 서 있었고, 교사와 학부모 간에 오가는 대화라고는 도저히 믿어지지 않는 두 갈래의 고성이 골목길에 울려 퍼졌다. 담임선생은 촌지를 세끼 밥처럼 챙겨 먹는 사람이었고, 엄마가 분개한 이유는 내가 반장이 되지 못해서가 아니었다. 담임선생에게 충분한 촌지를 챙겨주지 못했고, 그래서 반에서 1등을 하는 내 자식이 반장이 못 된 현실도 받아들였다. 다만 많은 아이들 앞에서 공개적으로 당신 자식에게 모욕감을 안겨준 게 도저히 참을 수 없었던 것이다. 욕을 입에 달고 살던 그 젊은 선생은 엄마에게 단 한마디도 지지 않았고 사과도 하지 않았다. 진한 화장발로 얼굴을 감추고 몽둥이를 한시도 손에서 놓지 않는 그녀와 난 그렇게 일 년을 함께 보내야만 했다.

* * *

"찾아가서 먹었냐?"

"아니요."

"아, 그 자식 정말 말 안 듣네. 꼭 가보라니까! 그냥 가서 이름만 대면 알아서 준단 말야! 돈은 미리 냈으니까 걱정 말고 가서 좀 먹어!"

대학입시가 얼마 남지 않았을 무렵. 신경이 지나치게 예민해진 탓인지 급성장염에 걸리는 바람에 생전 처음으로 내가 병원에 입원을 하는 대형사고가 터졌다. 그래도 다행히 3일 만에 퇴원은 했지만 정작 문제는 그다음부터였다. 체력장 시험이 불과 며칠 앞으로 다가와 있었고 탈진상태가 되어서 학교로 돌아온 나는 체육 시간마다 운동장 한구석에 앉아서 시간을 때우고 있었다. 그때 저만치 정문 쪽에 엄마의 모습이 보였다. 엄마는 체육 선생님과 한참 동안 얘기를 주고받다 돌아갔다. 우리 아이가 퇴원한 지 얼마 안 되어서 몸이 허약하니 좀 봐달란 얘기를 한 것 같았다.

짱가(체육선생님의 별명이었다)가 느닷없이 나를 호출한 건 그다음 날이었다. 그러고는 우리 집 근처에 있는 삼계탕집 주소를 알려주며 꼭 가보라고 했다. '아마도 몸이 허약하니 잘 챙겨 먹으란 얘긴가 보다' 난 그렇게 이해했고 야간 자율학습을 하느라 물론 삼계탕집에는 가지 않았다.

하지만 짱가는 집요했다. 나를 볼 때마다 캐물으며 반드시 가보라고 닦달을 했다. 그렇게 며칠이 지나자 결국 짱가는 삼계탕집에 미리 20인분의 음식값을 지불했단 얘기를 털어놓았고 그날 저녁, 내 얘기를 전해 들은 엄마의 얼굴이 빨갛게 달아올랐다. 그러니까 짱가는 몸이 허약해진 자식 걱정을 하며 돈 봉투를 내미는 엄마의 손이 무안할까 봐 일단 봉투를 받았고, 그 돈을 우리 집 근처에 있는 삼계탕집에 선불로 지불한 거였다.

우람한 체구의 짱가는 부당하게 매를 드는 법이 없는 사람이었고, 그래서 어쩌다 짱가에게 기합을 받아도 아이들은 달게 벌을 받았고, 체육대회를 할 때면 우린 만화영화 주제가 <짱가>를 목청껏 따라 부르며 우리들만의 짱가를 응원했다. 짱가는 그런 선생님이었다.

세월이 아무리 흘러도 잊히지 않는 기억들이 있다. 그런데 그중엔 좋은 추억보다 죽어도 잊을 수 없는 아픈 기억, 서러운 기억들이 더 많다. 해소되지 못했기 때문이다. 때려주고 싶을 만큼, 때론 죽이고 싶을 만큼 미운 사람에게 그렇게 하지 못한 게 너무 억울하고 한이 맺혀서 그 기억을 다 내려놓지 못하는 것이다. 더구나 아주 어린 시절의 나쁜 기억은 일생 동안 치명적인 트라우마가 되기도 한다. 그리고 그런 기억 속에는 결코 잊을 수 없는 스승의 모습도 누구에게나 한두 명쯤은 들어있다.

영화 <스승의 은혜>를 절반쯤 봤을 때 내 머릿속에 떠오른 단어는 '오죽하면'이었다. 오죽하면 그 긴 세월이 지나서 스승에게 복수를 하고 싶었을까?

정년퇴직 후 시골에서 혼자 살고 있는 박여옥 선생에게 16년 전의 제자들이 찾아온다. 박 선생에게 받은 치욕적인 모욕과 그로 인한 상처 때문에 인생 전체가 뒤바뀌어버린 제자들이다. 옛날에 자신이 저지른 짓은 까맣게 잊고 반갑게 제자들을 맞는 박 선생. 하지만 그때부터 영화는 하드코어 호러무비로 변하면서 한 맺힌 제자들의 끔찍한 복수가 이어진다. 그래서 그들이 하고 싶었던 말은 이 한마디다. "선생님, 그때 왜 그러셨어요?"

제 몸도 못 가누는 늙은 스승에게 잔인한 복수를 하며 제자들이 마음속으로 외친 절규는 아마도 그 한마디였을 것이다. 하지만 그게 다는 아니다. 결국 영화는 마지막 반전을 통해 박 선생이 모든 제자들에게 나쁜 짓을 일삼은 공공의 적이 아니라 단 한 명만 괴롭힌 사람이었던 걸로 죄를 축소시킨다. 영화의 극적 재미를 더하기 위한 반전 장치였지만 한편으론 그런 생각도 든다. 스승의 그림자도 밟지 않던 동방예의지국이라서 차마 스승을 공공의 적으로 몰아갈 수 없었던 건 아닐까? 내가 그런 의심을 품어본 건 오히려 영화 전반부까지 묘사된 박 선생이 더 익숙하게 느껴졌기 때문이다. 물론 그렇다고 해서 이 세상에 박 선생 같은 스승만 있는 건 아니다.

영화 <울학교 이티>에서 '이티'는 체육교사 천성근 선생의 별명이다. 단순무식한 선생 이티는 학생들끼리 싸우고

HIER
torstr
No Drugs
No Dealer
!video surveillance!
CIRCA
G8

있으면 오히려 '십만 원 빵 내기'를 조장하고, 학부모가 내미는 촌지라면 언제나 날름 챙겨 드시는 무개념 선생 같지만 사실은 정반대다. 이티가 받아서 챙긴 촌지는 결국 가난한 제자들의 등록금으로 남몰래 환원된다. 그 대목에서 난 '우리들만의 짱가'를 다시 떠올리며 흐뭇한 미소를 지을 수밖에 없었다. 물론 영화 속 허구지만 그 순간 나도 모르게 정신줄을 놓고 감정이입을 해버렸다.

스승이 어린 제자에게 던지는 말 한마디, 행동 하나가 그 아이의 인생에 미치는 영향은 교사인 그들이 상상조차 할 수 없을 만큼 크다. 남자친구와 헤어져서 스트레스 받는다고 죄 없는 학생의 뺨따귀를 때리는 선생, 친구들에게 항상 두들겨 맞으며 자란 게 억울해서 (누굴 때려본 적이 없으니 사실은 때리는 법도 모르면서) 교사라는 권력을 이용해서 부당한 폭력을 행사하며 한풀이를 하는 왕따 출신 선생, 심지어 넘치는 혈기를 주체할 수 없어서 제자의 몸을 샌드백 삼아 체력단련을 하는 스승, 그들은 모른다. 그 아이들의 마음에 새겨진 트라우마가 평생 간단 사실을 말이다. 스승이란 존재는 이 세상 모든 인류에게 반드시 한 번은 지대한 영향을 끼치는 사람들이다. 그만큼 말 한마디, 행동 하나도 조심해야 하고 이 세상 어느 누구보다 타의 모범이 되어야 하는 사람이다. 그렇다고 해서 세상에 그런 나쁜 스승들만 있는 건 물론 아니다. 짱가나 이티 같은 스승도 있다. 다만, 짱가나 이티 같은 스승이 훨씬 더 많아졌으면, 아니, 세상의 모든 스승이 그들 같았으면 하는 바람에서 해본 얘기일 뿐이다.

Ein- und Ausfahrt
Tag und Nacht freihalten!

술, 술, 술

#1

남영동 철길 아래 있는 한 민속주점,

한 무리의 대학생들이 우르르 몰려나온다. 휘청거리는 모양새들을 보니 어지간히 마신 모양이다. 대학생들이 떼를 지어서 육교를 건너고 있을 때였다. 무리에서 조금 떨어져서 걷던 한 여학생이 육교 한복판에 쪼그려 앉더니 울기 시작한다. 대학에 입학한 지 일주일이 안 된 그녀는 그날 태어나서 처음으로 술을 마셨다. 어찌나 서럽게 우는지 감히 누구 하나 다가설 엄두를 내지 못하고 있는데 친구들 중 하나가 선배에게 양해를 구한다.

"그동안 집에서 너무 억눌려 살아서 저러는 거예요. 결국 대학도 부모님이 원하는 학과에 들어올 수밖에 없었거든요. 생전 처음 술을 마시더니 폭발한 모양이에요."

여학생은 이제 바닥에 털퍼덕 주저앉아서 울고 있다. 영화에서 보면 사랑하는 사람이 악당의 총에 맞아서 죽어갈 때 보통 저렇게 운다.

여주인공이 싸늘하게 식어가는 연인의 시신을 끌어안고 우는 자세로, 여학생이 바닥에 주저앉아서 절규를 하고 있다.

2

"선배님, 저 술 못 마십니다."

"마셔."

"진짜에요. 체질적으로 몸이 술을 안 받습니다. 마시면 바로 나와요."

"내가 받아줄게 마셔."

"진짜요?"

"진짜다."

"그럼 저 마십니다."

안암동 로터리에 있는 한 중국음식점.

한쪽에는 선배들이 삐딱하게 발톱 깎는 자세로, 맞은편에는 이제 대학에 갓 입학한 신입생들이 꼿꼿하게 가부좌를 튼 자세로 앉아있다. 신입생 가운데 한 명이 한사코 거부를 해보지만 서슬 퍼런 선배의 눈빛을 이기지 못하고 결국 냉면 사발에 가득 담긴 막걸리를 '원샷으로 때린다'

1분, 2분. 10분이 채 되기도 전에 신입생의 입에서 레이저빔이 발사된다. 거짓말처럼 수평으로 날아온 냉면 한 사발 분량의 막걸리를 온몸으로 받아낸 선배는 그제야 녀석의 별명이 왜 마징가 제트였는지를 이해하고 뒤늦게 후회한다.

3

베를린의 한 이탈리안 레스토랑.

초연을 앞두고 마지막 리허설을 마친 배우들과 연출가, 그리고 동양에서 온 한 젊은이를 포함한 스탭들이 둥그런 테이블에 둘러앉아 있다. 젊은이는 유학을 온 지 얼마 되지 않았고, 첫 학기를 마치고 여름방학이 되자 베를린의 연극판을 기웃거리고 있었다. 연출가는 새로 시작하는 작품의 프롬프터를 젊은이에게 맡겼고, 젊은이는 아직 짧은 독일어로 대본을 통째로 외워서 배우들이 대사를 틀릴 때마다 무대

밑에서 작은 소리로 읽어주는 일을 하고 있었다.

식사를 마치고 가볍게 시작한 술자리는 어느새 자정을 넘기고 있었다.

잠시 후, 호탕하게 생긴 레스토랑의 젊은 사장이 샴페인 한 병을 들고 나타났다. 사장은 육순이 넘었지만 여전히 매혹적인 주연 여배우에게 하이힐을 벗어달라고 청했다. 여배우가 구두를 벗어주자 주인이 구두에 샴페인을 가득 따라서 한 모금 마신 뒤 좌중에게 돌렸다. 하지만 모두가 머뭇거리기만 할 뿐 선불리 하이힐을 입으로 가져가지 못한다. 그러자 동양에서 온 젊은이가 아무 말 없이 하이힐을 받아서 그 안에 담긴 샴페인을 전부 들이켰다. 술버릇 고약한 선배들에게 시달리며 동기가 뱉어낸 술까지 대신 받아 마셨던 대학생활, 그리고 그보다 더 한 것들도 마시고 견뎌야 했던 군대생활에 비하자면 젊은이에게 그 정도는 일도 아니었다. 하이힐에 담긴 샴페인이라니, 이건 그저 너무 낭만적이란 생각이 들었을 뿐이다.

***

성인이 된 이후로 내 기억 속 모든 장면에서는 술 냄새가 난다. 좋은 자리, 불편한 자리, 축하를 해야 하는 자리에서 장례식장까지 술이 빠진 자리는 거의 없었다. 첫사랑에게 했던 고백은 당연히 취중 독백이었고, 울화가 극에 달했던 어느 날인가 폼 나게 병나발을 불어본 적도 있지만, 그땐 소주 반병을 넘기지 못했다. 술에 취한 여자에게 따귀를 맞아본 적도 있다. 조금 억울하단 생각은 들었지만 취했으니까 뭐 그럴 수도 있지 싶었다.

육교 위에서 펑펑 울던 여자아이는 언제 그랬냐는 듯 대학생활에 너무나 잘 적응했고 마징가 제트는, 그날 이후로 하루에 한 잔씩 술을 늘려가며 연습을 거듭한 결과 술꾼으로 거듭 태어났다. 선배만 보면 술을 사달라고 졸라대는 바람에 오히려 우리가 도망을 다녀야 했다.

하이힐 스토리도 거기서 끝이 아니었다. 머뭇거리는 독일 사람들 앞에서 난 호기 있게 구두에 담긴 샴페인을 다 마셨고, 짓궂은 사장은 잠시 후 여배우의 남은 하이힐 한 짝을 다시 청했다. 그러자 이번엔 너도나도 나서서 구두에 입을 대는 바람에 난 더 이상 마실 필요도 없었다. 그렇게 흥이 오른 술자리는 새벽까지 이어졌고 생전 처음 하이힐에 술을

Mietanfragen
www.bierbike-berlin.de
BierBike.de

BierBike.de
BierBike.de

따라 마셔 본 고지식한 독일인들은 해병대 훈련이라도 받은 것처럼 의기양양하게 휘청거리며 집으로 돌아갔다.

술에 관한 한 특별히 나쁜 기억은 별로 없다. 함께 하는 술자리는 슬퍼도 좋았고 기쁠 땐 당연히 좋았다. 만취가 되어서 누군가 추태를 부려도, 그래서 끔찍하고 불쾌했던 기억조차도 시간이 흐르면 추억으로 윤색이 되곤 했다.

정작 술이 악마의 본색을 드러내는 건 '엔조이'에서 '중독'으로 넘어가는 순간이다. 우리들 가운데 누군가 술에게 지는 순간부터, 그러니까 '술이 술을 마시는' 순간부터 더 이상 추억이 비집고 들어설 틈은 없었다. 그때부터 남는 건, 술뿐이었다. 함께 해도, 혼자 마셔도 술과 그/녀 사이에 누군가 끼어들 틈이 없었다.

* * *

술을 소재로 한 영화는 없다. 알코올 중독을 소재로 한 영화가 있을 뿐이다. 이런 영화에서 주인공은 보통 혼자서 술을 마신다. 그중에도 고전은 니콜라스 케이지 주연의 영화 <리빙 라스베가스>. 인생을 포기한 남자가 라스베가스를 찾아와서 혼자 마시고 또 마신다. 그리고 죽기 위해서 마시는 이 남자를 한 여자가 말린다. 남자와 여자는 함께 살기로 하고 남자가 여자에게 말한다.

"한 가지 조건이 있어. 나에게 절대로, 죽어도, 술을 끊으란 말은 하지 말아줘."

여자는 그러겠다고 약속하고 심지어 남자에게 술병을 선물한다. 그래서 남자는 감동을 받지만 그래도 이 영화의 결론은, 슬프다. 남자는 술을 끊지 못한 채 비참하게 죽어간다.

산드라 블록 주연의 <28일 동안>은 다르다. 술에 떡이 되어서 여동생의 결혼식 파티 케이크에 털퍼덕 주저앉은 알코올 중독자 언니는 결국 갱생원에서 28일의 시간을 보내게 된다. 하지만 그녀는 스스로 구원을 받는 건 물론이고 다른 사람들에게도 희망을 나눠준다. 이 영화는 <리빙 라스베가스>와 달리 매우 건전하다.

전혀 다른 성격을 지닌 두 편의 할리우드 영화보다 더 리얼한 영화도 있다. 다큐멘터리의 느낌이 묻어나는 일본 영화 <술이 깨면 집에 가자>에서는 러닝타임 내내 일말의 극적 긴장감이 느껴지지 않는다. 영화는 잔인할 정도로 사실적으로 알코올중독자의 일상을 묘사한다. 마치 '그래서 넌 죽어도 싸!'라고 얘기하는 것 같다. 혼자 술집에서 퍼마시다가 기절을 하고도 결국 또 술을 사 들고 귀가하는 첫 장면만 봐도 그렇다. 남자는 결국 가족의 품으로 돌아오지만 그렇게 죽어간다.

아주 가끔이지만, 태생적으로 술을 전혀 못 마시는 사람이 부러울 때가 있다. 체질상 술을 못 마시니 누가 뭐라 할 일도 없고 이런저런 사달이 날 필요도 없는 사람들이 부러울 때가 있지만, 그건 잠깐이다. 본심을 말하자면, 아직도 내가 마셔야 할 술이 많이 남아있단 사실에 더 안심이 된다.

그래도 가능하면 누군가와 함께 마시고 싶기는 하다.

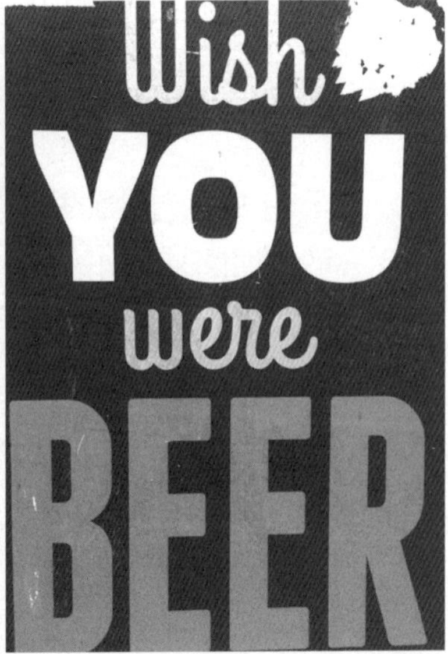

세 번째 프러포즈

베를린발 프라하행 열차표를 예매하려다 말고 창구 앞에서 잠시 망설였다. 그냥 가지 말까?

사실 꼭 프라하 도서전까지 가볼 필요는 없었다. 국제도서전이라면 프랑크푸르트나 런던 도서전만 가도 일을 하기엔 충분했다.

유학 생활을 접고 서울로 돌아온 지 6년 만에 처음으로 내가 나에게 선물한 2주일의 휴가였고, 난 그토록 귀하게 주어진 휴가를 베를린에서 보내고 있는 중이었다. 유학생의 신분으로 낮에는 아르바이트를 하고 밤에는 논문을 쓰며 8년 동안 힘겹게 살아야 했던 도시, 2년에 한 번 비자를 연장하기 위해 외국인 담당청을 찾아갈 때마다 가난한 유학생

처럼 보일까 봐, 체류연장 허가를 해주지 않으면 어쩌나 늘 조마조마하며 지내야 했던 그 도시를 학생이 아닌 여행객의 신분으로 맘껏 누려보고 싶었다.

그런데 때마침 프라하 도서전이 열리고 있단 사실을 알게 됐다. 이왕 여기까지 온 김에 기차로 겨우 네 시간 거리에 있는 프라하에 잠깐 들러야겠단 생각을 하면서도 마음 한편으로는 여전히 망설였다. 두 번이나 나를 내친 도시를 또다시 내 발로 찾아간다는 게 왠지 꺼림칙했다. 하지만 마음속으로는 이렇게 외치고 있었다. 그래, 삼세번이야. 적어도 세 번은 매달려봐야지! 결국 베를린의 중앙역을 빠져나올 때 내 손엔 프라하행 기차표가 쥐어져 있었다.

첫 번째 여행은,

2001년, 베를린을 베이스캠프 삼아 유럽 여행을 하겠다고 서울에서 친구가 찾아왔다. 하지만 녀석은 베를린에 온 다음 날 유럽 여행을 포기하고 한 달 동안 내 집에 주저앉았다. 말로는 베를린이 좋아서 다른 곳에는 가고 싶지 않다고 했지만, 생전 처음 유럽 여행을 나온 녀석은 나이 삼십이 넘었는데도 여전히 어린애 같았고, 우리가 서로 떨어져서 지낸 몇 년 동안 지독한 알코올중독자가 되어있었다. 낮이고 밤이고 술시중을 들며 2주일쯤 시간이 흘렀을 때 녀석이 프라하에 가고 싶다고 했다. 혼자서는 죽어도 못 간다고 억지떼를 썼다. 아르바이트에 논문 준비에 정신을 차릴 수가 없었지만 한편으론 그런 마음도 들었다. 서울이란 도시가 그동안 널 얼마나 망가뜨린 거니? 그래, 모두가 선망하는 낭만적인 도시 프라하가 어쩌면 너의 영혼을 치유해줄지도 모르겠구나. 가보자 친구야….

하지만 간신히 기차표만 구해서 아무 준비 없이 찾아간 도시 프라하는 도착하는 순간부터 우릴 냉대했다. 을씨년스럽게 내리는 빗속에 택시를 탔다가 바가지요금을 물면서 같은 자리만 맴돌았고, 거리에서 만난 체코 여대생을 따라간 숙소의 요금은 호텔 수준이었지만 실제로는 초라한 하숙방이었다.

그래도 여기까지 왔으니 일단 야경부터 보자고 길을 나섰지만, 지나가는 사람을 붙들고 길을 물어보면 매번 반대 방향을 가리키며 엉뚱한 소리만 해댔다. 프라하에서는 독일어가 통한다고 들었지만 내 독일말을 알아듣는 사람은 단 한 명도 없었다. 영어가 통했던 유일한 사람도 우릴 초라한 하숙방에 넣어주고 바가지요금을 챙겨간 여대생뿐이었다. 다음 날도, 그다음 날도 크게 달라진 건 없었다. 우린 쉬지 않고 길을 걸었고, 그러다 가끔씩 멈춰 서서 각자 다른 방향을 향해 말없이 카메라 셔터를 눌렀다. 그렇게 2박 3일을 보내고 베를린으로 돌아올 때쯤 우리 두 사람의 사이는 3일만큼 더 멀어져 있었다.

두 번째 여행은,

이별여행이었다. 나도 그녀도 얼마 안 있으면 베를린 생활을 접고 서울로 돌아가기로 마음먹고 있었고 우리 사이엔 헤어지기로 이미 암묵적인 동의가 이루어진 상태였다. 그녀가 프라하 여행을 제안했다. 서울로 돌아가기 전에 꼭 한번 가보고 싶다고 했다. 별로 내키진 않았지만 마지막 선물을 해주는 셈 치고 다시 한번 가기로 했다. 마침 여행 시즌도 아니라 기차는 한산했고, 처음으로 독일땅을 벗어난 그녀가 어린아이처럼 좋아하며 새로 산 카메라로 연신 사진을 찍어댔다.

홀레쇼비치 역에 내려서 프라하에 살고 있는 프랑스 친구의 집에 짐을 풀었다. 오갈 데 없이 을씨년스런 밤거리를 헤매야 했던 지난번과는 달라도 한참 다른 여행이었다. 남들의 눈엔 유럽여행을 하는 신혼부부처럼 보이는 하루하루가 이어졌고, 우린 여행 책자에 소개된 관광명소를 꼼꼼하게 찾아다녔다. 난 그녀의 카메라로 그녀의 사진을 찍어주었고 결국 우린 단 한 장의 사진도 함께 찍지 않은 채 그렇게 프라하를 떠났다. 바가지요금을 물지도 않았고, 경찰관이 친절하게 영어로 길안내도 해주었지만, 내 머릿속에 프라하에 대한 기억은 하나도 남아있지 않았다. 이별여행은 차라리 안 하는 게 낫단 생각이 들었고, 다시는 이 도시를 찾아오지 말아야겠단 생각만 들었다.

결국 징크스는 깨지지 않았다.

세 번째로 찾아간 프라하에서 미리 예약해둔 한인 민박집에 들어서는 순간 이미 예감할 수 있었다. 이틀 동안 묵을 생각으로 미리 숙박비까지 지불했지만 터무니없이 불친절한 집주인의 횡포에 혀를 내두르며 결국 하루 만에 뛰쳐나오고 말았다. 올드 타운 근처에 있는 호텔에 체크인을 하고 신용카드를 내밀면서 속으로 이를 갈았다. '그러면 그렇지. 이 도시는 나랑 맞지 않아. 날 미워하는 게 분명해! 다시는

안 올 거야!'

하지만 도서전에서 만난 노르웨이 출판사 직원들과 저녁 식사를 하면서 생각이 바뀌기 시작했다. 지난해 프랑크푸르트 도서전이 끝나고 클럽에서 밤새 어울렸던 얘기를 하며 밤거리를 쏘다니다 보니 프라하가 다르게 보였다. '그래, 역시 삼세번이었어! 프라하는 역시 참 아름다운 도시야! 이제 징크스는 깨진 거야.' 우여곡절 끝에 세 번째로 찾아간 프라하에서의 마지막 밤이 그렇게 끝나가고 있었다.

* * *

스티븐 소더버그 감독, 제레미 아이언스 주연의 영화 <카프카>는 프란츠 카프카의 소설들을 읽고서 보면 훨씬 더 재밌게 즐길 수 있는 영화다. 영화 속에는 카프카의 대표적인 소설들을 관통하는 다양한 주제와 모티프들이 수시로 등장한다. 절대권력을 행사하는 성은 소설 <성>을 연상시키고, 보험회사 직원인 주인공이 밤마다 쓰는 소설은 <변신>, 형사들에게 그가 쫓기는 모습은 소설 <심판>에서 아무 이유 없이 조사를 받다 허무하게 처형당하고 마는 주인공 요제프 K를 연상시킨다. 그리고 이 모든 장면들이 1920년대의 표현주의 영화가 아닌가 깜빡 속을 만큼 완벽하게 연출된 흑백 화면 속의 프라하에서 펼쳐진다. 보헤미안의 도시, 고딕에서 바로크 양식에 이르기까지 중세 건축의 전시장이라 불리는 도시 프라하, 하지만 한 걸음만 뒷골목으로 들어서면 음습한 분위기가 사람을 주눅 들게 만드는 그 도시가 배경이 아니었다면 불가능했을 영화가 바로 <카프카>다. 속내를 알 수 없는 사람들이 좁은 골목길을 표정 없이 걸어 다니는 그 도시가 아니었다면 불가능했을 것이다.

다시 프라하.

마지막 밤에 그렇게 징크스를 털어내고 다음 날 일찌감치 중앙역으로 나갔다. 역 앞에서 담배를 피우고 있는데 한 남자가 다가오더니 담배 한 대만 빌려달라고 영어로 말을 걸어왔다. 담배를 건네주자 남자는 별 얘기 아니라는 듯 신세한탄을 하기 시작했다. 조금 전 버스에서 내렸는데 깜빡 졸고 있는 사이에 가방을 도둑맞았다는 거였다.

내가 예전에 베를린에 살았고 지금은 여행 중이라고 설명을 하자 체코 출신인 남자가 갑자기 반색을 하며 독일말로 떠들기 시작했고, 지금은 스위스에 살고 있단 얘기를 했다. 남자는 내게 돈을 빌려달란 얘기를 하지 않았지만 그렇게 10분쯤 흘렀을 때 난 이미 남아있던 돈을 남자에게 빌려주고 있었다. 내 명함을 받아든 남자가 집에 돌아가면 당장 송금해주겠다고, 정말 고맙다고 몇 번이나 인사를 하고 사라졌다.

그리고 일주일 뒤에 난 다시 베를린을 떠나 서울로 돌아왔고 그렇게 2년이란 시간이 흘렀지만 남자에겐 아직까지 아무 연락이 없고, 내 인생의 프라하 징크스는 여전히 깨지지 않고 있다.

DIVADLO NA FIDLOVACCE
STVOŘEN

작은 열쇠 이야기

"옛날에 빛이 가득한 마을에 한 아이가 살고 있었어. 아이는 하늘을 나는 게 꿈이었지. 어느 날 마을에 악당들이 쳐들어왔고 아빠는 싸우러 나가야 했지. 아빠와 아이는 약속했어. 착한 일을 많이 하면 아빠는 꼭 돌아올 거라고. 그리고 언젠가는 하늘을 날 수 있게 될 거라고, 새처럼 말야…." <슈퍼맨이었던 사나이> 중에서

부모님 속을 있는 대로 썩여가며 삼수까지 하던 형이 마침내 대학에 입학하더니 다시 2년이 지나서 군입대를 하던 날이었다. 키 178에 몸무게 60킬로그램, 예수님처럼 빼빼 마른 형은 찌질하게 눈물까지 보이면서 내 손을 꼭 붙잡고 이렇게 말했다. "넌, 흑흑, 꼭 한 번에, 엉엉, 원하는 대학에

들어가!"

유언처럼 비장한 멘트를 남긴 형은 그렇게 논산훈련소로 떠났고, 6개월 뒤에 난 형의 '유언'대로 한 번에 대학에 합격했다. 합격자 발표가 나자마자 제일 먼저 형이 배치받은 군부대로 면회를 갔다. 전라남도 광주에 있는 '상무대'란 부대였다. 그때 이후로 지금까지 난 단 한 번도 광주를 다시 찾은 적이 없다. 일 때문에 출장을 갈 일도 없었거니와 관광도시도 아닌 광주를 일부러 찾아갈 일도, 그 도시에 아는 친구도 없었다. 아직 고등학교 졸업 전이었던 그때 엄마가 만들어준 4단짜리 찬합도시락을 끌어안고 처음이자 마지막으로 찾았던 도시 광주에 대한 기억도 지금은 거의 없다.

시외버스 터미널에 내리자마자 택시를 탔고, 형을 잠시 면회했고, 동생이 면회를 왔단 핑계로 외박 허가를 받아낸 형은 똥 마려운 강아지처럼 서둘러서 날 다시 시외버스에 태워서 인천으로 돌려보낸 뒤 형처럼 외박을 나온 전우들과 함께 어디론가 총총히 사라졌다. 여관방 하나 잡아놓고 밤새 술판이라도 벌이려는 눈치였다.

* * *

이듬해 봄은 뜨거웠다. 대학생이 되자마자 중간고사도 치를 수 없을 만큼 시국이 혼란스러워졌고, 지하철역에 내려서 계단을 올라오면 중무장을 한 전투경찰들이 호위병처럼 길 양옆으로 늘어서서 가방 검사를 했다. 그러다 6월 항쟁이 시작됐고, 6.29 선언이 나왔다. 유난히 지방 출신 학생들이 많고 '데모꾼 대학'으로 통하던 우리 학교에는 날마다 전장 같은 분위기가 감돌았고, 강의실에서는 교수님을 몰아낸 학생회 간부들이 어디선가 구해온 영화를 틀어주며 우리들의 이념을 무장시켰다. 그런데 그게 정확히 표현하면 영화라고 부르기도 뭣한, 거친 톤의 기록 필름들이었다. 영화제작소 장산곶매의 <오! 꿈의 나라>가 89년도에 나왔으니 그보다 2년 전 얘기다.

6월 항쟁으로 결국 대통령 직선제는 얻어냈지만 우리들의 입에서 사라지지 않는 단어는 '광주'였고, 그럼에도 '광주'는 군인 출신이 다시 대통령에 선출되고 난 뒤에도 함부로 입에 담아서는 안 되는 도시였다. 5.18 민주화운동, 아니 당시의 표현대로 쓰면 '광주사태'의 희생자 수를 놓고도 2백 명에서 3천 명이라는 온갖 설이 난무했고, 독립영화가 아닌 이상 '광주'는 여전히 다룰 수 없는 금기의 소재였다.

1996년, 광주를 소재로 한 장선우 감독의 장편영화 <꽃잎>이 개봉했다. 내 기억 속의 <꽃잎>은 충격이고, 상징이었다. 지금 다시 봐도, 어떤 의미에서는 80년 오월의 광주를 이 이상 더 영화로 표현할 수 있을까 싶은 그런 작품이다. 어린 소녀를 매개로 한 파격적인 연출 때문에 입방아에 오르기도 했지만 '장선우'라서 가능한 영화였고, 그래서 예술이었다. 그리고 3년 뒤 이창동 감독의 <박하사탕>이 나왔다.

그렇게 또 10년쯤 세월이 흐른 2007년에 <화려한 휴가>라는 영화가 80년 오월의 광주를, 영화사 홍보문구의 표현을 빌자면 '전면에 드러냈'고, 730만 명의 관객이 눈물을 흘렸다. 현재와 과거를 오가며 계엄군 출신의 주인공이 파멸하고 회개하는 과정을 다룬 <박하사탕>과 달리, <화려한

휴가>는 러닝타임 내내 80년 5월의 이야기를 들려준다. 계엄군이 쳐들어오자 광주에 살던 공수특전단 출신 예비역 대령이 시민군을 지휘하고(안성기), 무지하고 우직한 택시 운전기사는 투사가 된다(김상경). 아직 고등학교에 다니는 택시 기사의 동생은(이준기) 총탄에 맞아 목숨을 잃고, 예비역 대령의 딸(이요원)을 사랑하는 택시 기사는 결국 장렬하게 전사하는데….

그런데 왠지 '철저한 고증을 바탕'으로, 게다가 이미 사라져버린 1980년 당시의 국민차 '포니' 택시를 소품으로 활용하려고 이집트에서 역수입까지 하며 만든 <화려한 휴가>는 올리버 스톤이나 스티븐 스필버그 감독이 잘 만든 전쟁영화 같단 느낌을 지워버릴 수가 없다. 영화사의 홍보문구처럼 '휴먼 드라마' 그 이상도 이하도 아니다. 2007년, 그러니까 이제는 누구나 광주를 말할 수 있고, 광주 '사태'는 '항쟁'을 거쳐 '민주화 운동'으로 복권된 이 시대에, 누구나 다 아는 이야기를 새롭게 잘 포장해서 상품화시켰다는 생각만 든다. 그래서 강의실 바닥에 쪼그리고 앉아 거친 화면으로 만났던 오월의 광주가 조금도 보이지 않았지만, 그건 어쩌면 나만의 생각일지도 모른다.

GESPERRT
speaking
Gib dem
Opfer
Name u.
Gesicht.

나이를 한 살씩 더 먹어갈수록 애매한 게 싫어진다. 화려한 수식어로 포장하는 게 싫고 직설화법이 좋아진다. 이거 아니면 차라리 저게 좋다. 영화도 마찬가지다. 다큐멘터리 아니면 철저하게 예술로 승화시켜서 상징적인 얘기를 하는 작품이 좋다. <화려한 휴가>를 보면서 내가 단 한 방울의 눈물도 흘리지 못한 건 그 때문이다. 러브스토리를 바탕으로, 감성을 자극하는 극적 전개에, 코믹 연기를 하는 배우까지 가미시켜서 완벽하게 세팅한, 그래서 가짜도 아니지만 그렇다고 가짜가 아닌 것도 아닌 휴먼 드라마로 포장하기에 광주는, 그러면 안 되는 도시란 생각이 들었다.

그리고 1년 뒤, 광주를 소재로 한 또 한 편의 영화가 개봉했다. 제목만 봐서는 도무지 정체를 알 수 없는 이 영화의 주인공은 자신이 슈퍼맨이(었)다고 믿고 있다. 한마디로 미친 사람이다. 악당들이 머리에 클립토나이트를 심어놓아서 더 이상 초능력은 쓸 수 없다고 믿고 있지만 한때 하늘을 날아다니며 지구를 구했던 시절을 잊지 못하는 이 남자는 날마다 좋은 일만 하고 다닌다. "우주에서 가장 의심이 많고 참을성 없고 자기 자신밖에 모르는 이기적인" 지구인들을 구하기 위해 날마다 동분서주하며, 바바리맨을 혼내주고 횡단보도를 건너는 할머니를 부축해준다….

영화 <슈퍼맨이었던 사나이>에는 '광주'란 단어가 단 한 번도 나오지 않는다. 지구의 운명을 걱정하고, 선을 행하라는 주인공의 교훈적인 설교가 다소 진부하게 느껴지기도 한다. 그럼에도 불구하고 이 영화는 내가 아는 한 오월의 광주를, 그날의 기억을 상징의 차원으로 승화시킨 보기 드문 영화다. 한 사람의 운명을 통째로 바꿔버린 역사를 이토록 가볍고 이만큼 무겁게 표현하는 게 얼마나 힘든 일인지 잘 알기 때문이다.

한 맺힌 사람을 위로해주려면, 그 위로가 상징의 차원으로 넘어가야 한다. 죽도록 사과하고 또 하고, 그러다 마침내 그 위로와 반성이 은유와 상징의 차원으로 넘어갈 때, 그제야 한이 풀린다. <슈퍼맨이었던 사나이>는 그래서 장선우 감독의 <꽃잎> 못지않은 의미를 지니고 있는, 오월 광주에 관한 영화다.

"큰 쇠문을 여는 건 힘이 아니오. 작은 열쇠지."

크립톤 성의 마지막 생존자. 인간들의 친구라고 믿는 주인공의 입을 빌어서 감독은 상처가 아니라 미래를 말한다. 우리 모두는 작은 열쇠를 가지고 있으며 그 열쇠로 미래의 문을 열 수 있다고 말한다. 관객 수 55만, 문은 조금밖에 열리지 않았지만 최소한 내 마음의 문은 열어준 영화, <슈퍼맨이었던 사나이>는 그런 영화다.

또 한 번의 5월이 가고 있다. 어린이날, 어버이날이 있었고, 5월 18일을 추모해야 하는 달이었다.

히틀러의 눈물

제5공화국이 출범하자마자 과외금지 조치가 내려진 덕분에 내 인생에 과외란 단어는 없었다. 그래도 딱 한 번 예외가 있었는데 중학교 3학년 겨울방학 때였다, 고등학교 진학을 앞두고 난 괜찮은데 엄마가 많이 불안했던 모양이다. 누나 친구들 중에 서울공대에 다니던 상진이 형을 과외선생으로 두 달간 모시기로 했다. 교재는 '수학의 정석', 교과서보다 두 배는 두꺼운데 깨알처럼 수학공식이 적혀있었다. 게다가 누나는 작곡과, 형은 영문과 대학생, 나 역시 문과생이 될 게 뻔한 마당에 그 어려운 수학공식이 머리에 들어올 리 없었지만 그러거나 말거나, 상진이 형은 집에 올 때마다 엄마가 정성껏 챙겨주는 오징어땅콩 과자 한 봉지와 귤 한 접시로 포식을 하며 선생놀이를 즐겼다.

솔직히 그 해 겨울방학에 배운 내용들은 머릿속에서 뒤죽박죽이 되어서 하나도 기억나지 않았고 결국 고등학교에 입학하고 난 뒤에 난 처음부터 다시 학교 진도를 따라가야 했다. 돌이켜보면 그때 형 나이도 겨우 스물셋, 중학생을 배려하고 눈높이 교육을 실천하기엔 본인도 턱없이 어린 대학생이었던 것이다.

원래 순수 미생물학자가 되고 싶었던 상진이 형은 나중에 스스로 밥벌이를 해야 한다는 사명감을 강조하는 부모님의 기대에 부응해서 공대에 진학한 착한 아들이었다. 당연히 자연과학에 대한 지식이 해박했고, 못다 이룬 학자의 꿈을 한풀이라도 하듯 틈날 때마다 내게 미생물학이나 유전공학에 대한 해박한 지식을 쏟아놓았다. 그럴 때마다 난 이해도 못 하면서 고개만 끄덕였지만 한 가지만은 지금도 생생하게 기억하고 있다. 인간복제에 관한 얘기였는데 대충 요약하자면 이랬다.

"사람을 복제하는 거야. 쌍둥이가 아니라, 너랑 똑같은 사람이 하나 더 생기는 거지. 일단 너의 피부세포를 떼어내서 그걸 다른 사람에게 이식하는 거야. (그때 난 내 피부를 떼어내서 다른 사람의 팔뚝을 찢고 그 안에 내 피부세포를 쑤셔 넣는 상상을 했다.) 그러면 너랑 똑같은 복제인간이 만들어지는 거야. (다른 사람의 팔뚝에 사과 열매처럼 나랑 똑같은 아기가 대롱대롱 매달려서 자라난다고?)"

굳이 사람을 그렇게 똑같이 복제해야 하는 이유를 상진이 형은 이렇게 설명했다.

"대기업 회장 같은 사람들은 늙으면 자식에게 회사를 물려줄 수밖에 없지만 그렇다고 마음이 편하지만은 않아. 왜냐? 나만큼 잘할 수는 없을까 봐 불안한 거지. 근데 나랑 똑같은 사람을 만들 수 있다고 생각해 봐. 그 사람은 곧 나니까 믿을 수 있거든. 물론 아직 검증된 이론은 아니지만 언젠가 현실이 될 수도 있단 얘기야. 이런 얘기는 보통 소설로 출간되는 경우가 많은데, 만일 검증되지 않은 이론을 학술지에 발표했다 망신을 당하거나 비난을 받을 수도 있기 때문에 허구의 형식을 빌리는 거지."

1996년에 세계 최초로 포유동물을 카피한 복제양 돌리가 태어났다. 결국 문과에 진학한 내가 수학과는 담을 쌓고 지내던 시절이었는데 세상을 떠들썩하게 만든 기사를 읽으면서 난 오래전에 상진이 형이 했던 얘기를 떠올렸다. 정말 되네. 이런 날이 오는구나….

복제양 돌리는 영국의 이언 윌머트 박사 등이 6년생 양의 체세포에서 채취한 유전자를 핵이 제거된 암양의 난자와 결합시켜 이를 대리모 자궁에 이식해서 태어났다. 그리고 다시 2004년, 온 나라가 발칵 뒤집혔다. 황우석 교수팀이 세계 최초로 사람 난자를 이용해 체세포를 복제하고 배아 줄기세포를 만드는 데 성공했단 사실이 알려지면서 전 국민이 축제 분위기에 휩싸인 것이다. 국보급 과학자 황 교수의 곁에는 보디가드가 붙었고 차세대 국가기간산업으로 줄기세포 연구를 지원하기 위한 계획이 착착 진행됐다. 이후 논문 조작설에서 실험용 난자의 출처에 이르기까지 법적 윤리적 잡음이 끊이지 않으면서 우리나라에서 줄기세포 연구 얘기는 세간의 관심 밖으로 밀려나버리고 말았다.

* * *

영화 <잔혹한 음모>(1978)는 그레고리 펙이 악역으로 나오는 보기 드문 영화다. <로마의 휴일>에서는 공주의 마음을 사로잡는 멋진 사진기자로 나왔던 그가 이 영화에서 맡은 역할은 요제프 멩겔레였다. 요제프 멩겔레, 2차 세계대전 중 아우슈비츠 수용소에서 자신의 교수자격 논문을 쓰기 위해 쌍둥이들을 대상으로 끔찍한 실험을 자행했던 악마 같은 인간이다. 8개월 동안 3천여 명의 쌍둥이를 실험대에 눕혔는데 전쟁이 끝났을 때 살아남은 아이들은 그중 180명뿐이었다고 한다. 멩겔레는 주로 파란 눈에 금발머리를 가진 아이들을 대상으로 실험했는데 아마 건강한 아리안족 여자들의 몸을 빌려서 히틀러의 전사를 두 배로 빨리 생산하려 했는지도 모른다.

영화는 멩겔레가 종전 이후 살아남아서 연구를 계속한다는 가상의 모티브를 기반으로 하고 있다. 심지어 쌍둥이가 아니라 이번에는 히틀러를 대량생산하려는 무서운 음모를 꾸민다. 히틀러가 죽기 직전에 남긴 피부세포와 혈액 샘플을 이용, 94명의 아이들을 비밀리에 복제하는 데 성공하는 것이다. 멩겔레가 히틀러의 피부세포와 혈액을 얻어낸 방법도 상진이 형이 말한 것과 똑같았다. 후계자를 키우는 데 회의적인 히틀러였지만 멩겔레가 자신과 똑같은 인간을 복제해

14

Achtung!
Sie verlassen
jetzt
West-Berlin

주겠다고 설득하자 히틀러가 허락을 한다. 결국 멩겔레는 생후 4주 된 아이들을 히틀러의 부모와 환경이 비슷한 불임부부에게 입양시킨다. 심지어 똑같은 환경을 만들어주기 위해 아이들의 양아버지를 히틀러의 아버지가 죽은 나이와 같은 시기에 한 명씩 살해할 계획을 세우는 장면부터 영화는 시작된다.

결국 멩겔레의 계획을 어렴풋이 눈치챈 나치 헌터, 일생을 나치 전범 색출에 몸 바쳐온 주인공 리버만(올리비에 로렌스 경)이 독일의 생물학 연구소를 찾아가서 동물복제에 대해 자문을 구하는데, 이 장면에서 난 다시 한번 상진이 형을 떠올렸다. 그 시절엔 뭔 소린지도 모르고 주워들었던 얘기들이 박사의 입을 통해서 고스란히 재현되고 있었다.

박사: 배란기 암컷의 착상되지 않은 난자를 채취해서 유전자와 염색체를 완전히 분리합니다. 그리고 기증받은 핵을 이식하는데 그 핵은 혈액이나 심지어 피부세포에서도 얻어낼 수가 있습니다. 이 핵이 결국 태아가 되고 똑같이 복제된 생명체로 자라는 겁니다.

리버만: 맙소사, 박사. 어떻게 그런 일이 일어날 수 있소?”

<잔혹한 음모>는 아이라 레빈이라는 서스펜스 픽션의 거장이 쓴 동명 소설을 원작으로 하고 있다. 소설이 발표된 건 영화보다 2년 전인 1976년이었다. 그리고 20년 뒤에 복제양 돌리가 태어났고 이제는 심지어 인간을 복제할 수 있을 정도로 기술이 발달했다. 소설 속 이야기가 20년 뒤에 현실이 된 것이다. 그렇다면 이미 그 시절부터 과학자들 사이에는 동물복제, 심지어 인간복제 이론이 널리 퍼져있었던 걸까?

영화 속 마지막 장면에서 결국 멩겔레 박사와 리버만이 만나게 되는데 두 사람 앞에는 금발머리에 파란 눈을 가진 94명의 리틀 히틀러 가운데 한 명이 서 있다. 하지만 아무리 히틀러의 피를 이어받은 복제인간이라도 역시 어린아이였을까? 양아버지를 멩겔레가 죽였단 사실을 알게 된 아이는 집에서 키우는 맹견들에게 멩겔레를 죽이라고 명령하지만 피를 흘리며 죽어가는 멩겔레를 바라보며 결국 눈물을 흘린다. 그럼 그렇지, 아무리 히틀러를 복제했어도 어린아이인데 별수 있나.

하지만 진짜 반전은 마지막 장면에 기다리고 있다. 화가가 되고 싶었던 히틀러의 유전자를 물려받아 역시나 예술가 기질을 타고난 아이는 멩겔레가 잔인하게 죽어가는 모습을 카메라에 담는다. 그리고 암실에서 사진을 인화하면서 한 장씩 선명하게 떠오르는 죽음의 장면들 앞에서 감탄사를 내뱉는다. 아이가 흘린 눈물의 의미는 과연 무엇이었을까?

실제로 요제프 멩겔레는 종전 이후 전범재판을 받지 않고 가명을 쓰며 숨어 지내다가 브라질로 이주했고 1979년에 사망한 것으로 되어있다. 1979년이라면 아이라 레빈의 소설이 발표될 때까지도 아직 살아있었단 얘기다. 심지어 1991년에는 그의 시체가 과연 진짜인가를 놓고 일대 의혹이 제기된 적도 있다고 한다. 이 영화의 원제목이자 소설의 제목은 <브라질에서 온 아이들>이다. 철저한 고증을 바탕으로 허구를 가미한 이 소설이 만에 하나 사실이라면, 그때 열네 살이었던 아이들은 지금쯤 어디에서 어떤 모습으로 살아가고 있을까? 아니, 더 나아가 역시 유전자 복제인간이라는 소재로 만들어진 영화 <아일랜드>처럼 불치병에 걸릴 경우 장기이식을 받기 위해 돈이 남아도는 억만장자들이 어딘가에 자기와 똑같은 인간을 복제해서 키핑해놓고 있는 건 아닐까?

나를 춤추게 하라

현규는 우리 학교에서 스타였다. 잘생긴 얼굴에 적당한 곱슬머리, 외국 아이처럼 하얗고 뽀얀 피부에 늘씬하게 뻗은 팔다리까지 뭐 하나 흠잡을 데가 없는 외모를 갖추고 있었지만 그게 다가 아니었다. 요즘으로 치면 일진에 속할 만큼 싸움도 잘하는 현규의 진짜 특기는 춤이었다. 현규는 춤에 미친 아이였다. 교내 축제가 열리는 날이면 이웃 학교에서 현규를 보기 위해 여고생들이 우르르 몰려왔다. 조명이 켜지고 현규가 브레이크 댄스를 추기 시작하면 여자아이들의 고함소리가 강당을 가득 채웠다. 사이키 조명이 켜지고 춤이 절정에 달하는 순간 사방에서 '꺄악!' 하는 비명소리가 터져 나왔다.

난 현규가 부러웠지만 그렇다고 현규처럼 춤을 배우는 건

엄두도 내지 못했다. 일단 범생이었던 내가 춤을 추는 걸 부모님이 허락할 리 없었고, 설사 허락한다 해도 O자 다리에 키도 별로 크지 않았던 내가 춤을 춘다고 현규처럼 멋져 보일 리도 없었다.

* * *

대학생활의 한편엔 시위와 시험이 있었고, 그 반대편엔 미팅과 MT, 그리고 나이트클럽이 있었다.

나이트클럽은, 신천지였다. 고교 시절의 현규처럼 춤을 잘 추지도 못하는 사람들이 캄캄한 조명 아래에서 자기 맘대로 미친 듯이 춤을 췄다. 고막을 찢어버릴 것 같은 시끄러운 음악에 맞춰서 가끔은 그 무렵 한창 유행하던 춤을 모든 사람들이 똑같이 따라서 추는 진풍경도 벌어졌다. 그럴 땐 말이 필요 없었다. 스트레스가 쌓인 사람도, 생일을 맞은 사람도, 실연을 당한 내 친구도 각자 알아들을 수 없는 고함을 내지르며 음악에 몸을 맡기고 열광했다. 어느 순간 나도 그 속에 뛰어들었다. 한동안 그렇게 춤을 추고 나면 온몸은 땀으로 뒤범벅이 됐고 머릿속을 가득 채우고 있던 고민 같은 건 다 날아가 버렸다.

춤은, 좋은 거였다. 내 몸에도, 내 마음에도 좋은 거였다.

우리 시대 최고의 천재 무용가였던 피나 바우쉬의 탄츠테아터를 기록한 다큐멘터리 영화 <피나>는 메이킹 스토리부터 남다르다. 1985년, 베니스를 방문한 빔 벤더스 감독은 탄츠 테아터의 창시자 피나 바우쉬의 전설적인 공연 <카페 뮐러>를 처음 접한다. 독일어로 탄츠(Tanz)는 춤을, 테아터(Theater)는 연극을 의미하는데 우리말로는 '춤극'이라 부르기도 한다.

춤의 역사를 바꾼 천재 무용가 피나 바우쉬는 음악과 미술, 발레와 연극이라는 장르의 벽을 허문 혁신적인 탄츠

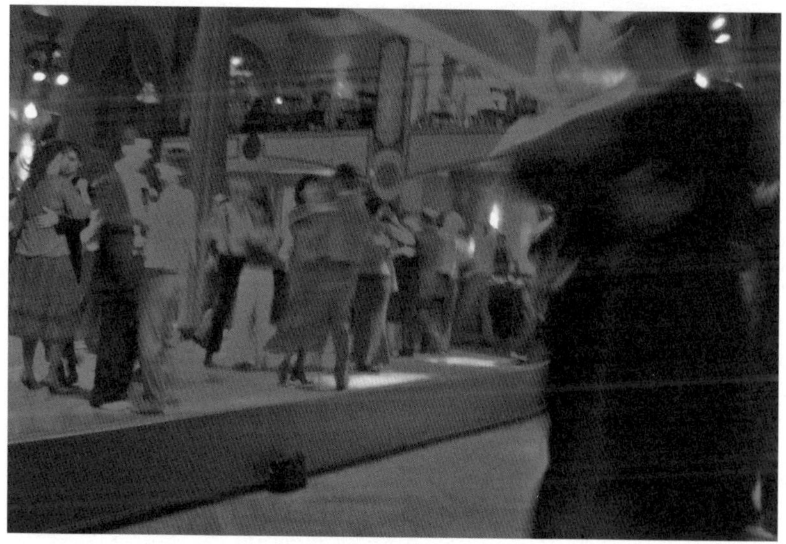

테아터를 탄생시킨 무용가였다. 공연을 보고 감동과 충격에 휩싸인 빔 벤더스 감독은 그때부터 그녀의 독특한 예술세계를 영화로 재현할 방법을 모색하지만 쉽게 그 해답을 찾지는 못한다. 마침내 2007년, 칸 국제영화제에서 록밴드 U2의 공연을 3D로 담아낸 영화 <U2 3D>를 본 순간, 빔 벤더스 감독은 무용수들의 역동적인 움직임과 생동감을 3D 화면에 담기로 마음먹는다. 그리고 피나와 함께 그녀의 대표작 4편 <봄의 제전> <카페 뮐러> <콘탁트 호프> <보름달>을 엄선한다.

다시 2009년, 빔 벤더스 감독은 피나 바우쉬와 탄츠 테아터 부퍼탈 무용단과 함께 본격적인 촬영 준비에 들어가지만 암선고를 받은 피나가 불과 5일 만에 폐암으로 세상을 떠나는 믿지 못할 사건이 벌어진다. 피나 없이 영화를 제작하는 건 의미가 없다고 판단한 빔 벤더스 감독은 계획을 접지만 그로부터 몇 개월 뒤 무용단원들이 감독을 찾아온다. 탄츠 테아터와 피나 바우쉬에 관한 모든 것을 기록할 마지막 기회를 놓치지 말아 달라고, 피나를 위해 마지막으로 춤을 출 수 있게 해달라고 부탁한다. 다큐멘터리 <피나>는 빔 벤더스 감독이 피나의 탄츠 테아터를 처음 만난 지 26년 만에 이렇게 탄생한다.

영화 <피나>는 백 퍼센트 실사로 제작된 3D 영화다. 때론 무대 위에서, 때론 공장지대와 거리에서 무용수들이 춤을 출 때마다 관객은 관객석에 앉아있는 게 아니라 그들의 발걸음을 뒤쫓으며 한 편의 이야기 속을 함께 여행한다. 설명은 전혀 없다. 다만 움직임이 있을 뿐이다. 말로 표현할 수 없는 무언가를 말이 아닌 무언가로 보여주는 영화들이 있다. <피나> 역시 그런 영화다. 그리고 그 '무엇'이 바로 춤이다.

"도저히 말을 할 수 없는 그런 상황에 처할 때가 있습니다. 사실 말이라는 것도 뭔가를 떠올리게 하는 것 이상은 할 수 없어요. 그렇기 때문에 춤이 필요한 거죠."

- 피나 바우쉬

RIP Amy

남자의 자격

어쩌다 보니 30대에서 40대 초반의 싱글남녀들이 한자리에 모이게 됐다. 결혼정보회사에서 주선한 소개팅 행사는 아니고, 그냥 술 한잔하자고 서너 명이 모였다가 근처에 사는 친구를 한두 명씩 불러내기 시작했는데 나타나는 족족 우연히도 싱글이었다. 모두가 싱글이다 보니 일단 주제가 경쾌해서 좋았다.

내 나이쯤 되면 동창회를 가도 보통 중학생 자녀 한두 명씩 키우는 학부모가 대부분이다. OECD 가입국 가운데 출산율이 최저일 정도로 우리나라의 상황이 심각하다지만 내 친구들은 모두 애국자다. 평균 둘, 아니면 아이가 셋인 친구도 몇 명 있다. 심지어 아직까지 70년대 버전으로 사는 친구도 있다. 딸을 둘 낳았더니 시어머니가 아들 하나만 더

낳으라고 해서 사십이 넘은 나이에 몇 달째 보약을 먹고 있다. 대학 시절엔 두주불사, 대폿집에서 남자들 서너 명쯤 거뜬하게 상대하던 그녀가 지금은 성질 죽이고 그렇게 산다.

현실이 이렇다 보니 모인 지 10분만 지나면 괜찮은 학원 얘기부터 조기유학까지 온통 아이들 얘기뿐이다. 그럴 때마다 여전히 싱글인 나는 옆에서 술만 마셔야 했고 도저히 적응이 안 되는 날은 다른 약속이 있다고 핑계를 대고 먼저 자리를 떴다.

그날의 술자리는 그래서 편했다. 학교 동창도 아니고 연령대도 다양한 싱글들끼리 모여서 수다를 떨다 보니 최근에 헤어진 애인 얘기부터 패션지 기자가 들려주는 연예인 뒷담화까지 흥미진진한 얘기가 쏟아져 나왔다. 그 와중에 이쪽 저쪽에서 그 짧은 시간에 눈이 맞은 누군가와 누군가가 서로 티 나지 않게 간을 보려고 은근슬쩍 던지는 멘트를 엿듣는 재미도 쏠쏠했다. 결혼한 아줌마 아저씨들을 만나면 결코 느낄 수 없는 묘한 긴장감이 흘렀고, 한 마디로 술맛 나는 자리였다. 물론 그렇다고 해서 분위기가 마냥 경쾌했던 것만은 아니다.

술자리가 3차까지 이어지자 서서히 긴장이 풀리면서 결국 주제는 결혼 적령기를 훌쩍 뛰어넘어서 혼자 산다는 게 얼마나 힘든 일인가에 대한 고충으로 이어졌다. 그중에서도 30대 중반의 한 싱글녀가 털어놓은 얘기가 가장 인상적이었다. 그녀는 얼마 전 화장실 전등이 나갔는데 갈아 끼울 엄두가 나지 않아서 화장실 문을 열어놓은 채 볼일을 보고 샤워를 한다고 했다, 남자들은 이럴 때 편하겠다고, 혼자 살아도 그런 걱정은 안 하겠다고 짜증 섞인 목소리로 투덜거렸다.

며칠 전에 만난 친구가 생각났다. 남편과 이혼하고 초등학생 자녀 둘을 혼자서 키우는 그녀도 비슷한 얘기를 했다. 얼마 전 거실 전등이 나가서 생전 처음으로 목장갑을 끼고 갈아 끼웠더니 캄캄한 거실이 다시 환해지는 순간 두 아이가 환호성을 지르며 손뼉을 치더란다. 그 말을 하는 그녀의 표정은 그리 밝지 않았다. 그건 아마도 '여자인 내가 이제 이런 짓까지 하고 살아야 하는구나' 하는 체념 섞인 표정이었던 것 같다. 그까짓 게 뭐 대단한 일이냐고 생각하는 씩씩한 여자도 있지만 아직까지 대다수의 한국 여자들에게 그건 분명 대단한 일이다.

물론 한국 남자들 가운데에는 죽을 때까지 손에 망치 한 번 들지 않는 부류도 있다. 어렸을 적 내 친구의 아버지도 그랬다. 전등 갈아 끼우는 것부터 망치질까지 엄마가 전부 다 하는 집이었다. 하지만 아주 특별한 경우를 제외하면 아직까지도 한국 사회에서 남자들은 무거운 물건을 들고 여자는 요리를 한다. 요리 잘하는 남자가 요섹남이고, 사법고시 합격자의 절반 이상이 여자들이고, 심지어 전투기 조종에서 중장비 운전까지 여자들이 못할 게 없는 세상이 되었다고 하지만 그건 평범한 얘기가 아니다. 평범하지 않기 때문에 기사화되고 사람들의 입에 오르내리는 거다. 여전히 우리는 '사내자식이!', '남자답게', '여자가 어딜 감히!' 같은 말들로부터 충분히 자유롭지 못하다. 현실이 그렇다. 그런데 그게 비단 우리나라만의 문제는 아닌 모양이다.

* * *

<파르산>이란 스웨덴 영화가 있다. Farsan, 어렵게 사전을 뒤져보니 우리말로 '아빠'란 뜻이다. 영화의 주인공은 아버지다. 10년 전 상처를 하고 혼자 사는 아버지의 유일한 낙은 결혼한 아들이 자식을 네 명쯤 나아서 대가족을 이루는 것. 그런데 이 아들이 자식을 가질 수 없는 불임이란 사실을 아버지는 모른다. 결국 아들은 신생아를 입양할 계획을

세우고 그때부터 부인은 마치 임신한 척 배 안에 쿠션을 집어넣고 시아버지 앞에서 연극을 한다. 그러면서 한편으로는 아버지의 관심이 너무 자신들에게 집중되지 않도록 아버지에게 재혼을 권유한다.

그래서 어떻게 되는가, 줄거리를 거칠게 요약하자면 이렇다. 아버지는 자신이 일하는 자전거 수리점 사장의 홀어머니를 꼬시기로 마음먹는다. 그 대신 한 달에 섹스를 한두 번밖에 하지 않고 늘 부인이 바람이라도 피울까 봐 노심초사하며 사는 '찌질남' 사장을 터프가이로 만들어주기로 약속한다. 아버지의 코치를 받은 사장은 팔뚝에 문신을 하고 부인에게 거친 말을 내뱉고, 아버지는 사장의 도움을 받아서 드디어 사장의 엄마와 첫 데이트를 하게 되는데….

그래서 결론은 어떻게 되는가 하면, 아들은 입양하기로 했던 아이를 데려올 수 없게 되자 중국 아이를 입양하기로 하고, 찌질남 사장은 괜히 터프한 척 까불다가 부인이 집을 나가겠다고 짐을 싸자 모든 걸 이실직고하고 옛 모습으로 돌아간다. 그리고 아버지는, 마초 기질 다분해서 남자답게 행동하면 모든 게 다 통한다고 믿었던 그 아버지는 딱 한 번 데이트한 찌질남 사장의 엄마에게 청혼을 했다가 보기 좋게 거절당하고 만다. 자신감 충만했던 아버지, '남자가 하자면 하는 거지'라고 생각했던 아버지는 거기서 무너진다. 그리고 아들 부부가 입양한 중국인 손자를 안아주면서 영화는 그렇게 끝이 난다.

세상에는 못질을 못하는 남자도 있고 요리에는 젬병인 여자도 있다. 남녀관계의 가장 이상적인 조합은 '남자는 이래야 하고 여자는 저래야 한다'는 통념을 깨는 순간 가능해진다. 그건 시대가 변해서 그런 게 아니라 원래 그런 거다. 태생적으로 바느질 잘하는 왜소한 남자가 무거운 물건도 번쩍번쩍 잘 드는 여자를 만나면 그걸로 된 거다. 진정한 남자의 자격은 하룻밤에 여자를 세 번쯤 기절시킬 수 있는 정력에서 나오는 것도, 팔뚝에 새겨진 문신에서 나오는 것도 아니다. 그런데, 그런 줄 알았던 시대가 있었고, 심지어 꽤 길었고, 아직까지도 우리는 그런 고정관념으로부터 완전히 자유롭지 못하다. 완전히 자유롭진 못해도 많이 변했다. 남자는 부엌 근처에도 가지 말라고 교육받고, 여자는 힘이 있어도 감히 나서지 말라고 세뇌당하던 시대는 분명 끝났다. 남자의 자격이란 건 없다. 여자의 자격도 물론 없다. 대화와 소통이 가능하면, 그래서 서로의 단점을 보완해주면서 살면 되는 거다.

다행히 이제는 그래도 되는 세상이다.

9
RADIO

남자의 변명

결혼한 지 2년 만에 이혼을 하고 혼자 사는 친구가 있다. 대학 시절부터 알고 지냈으니 햇수로 20년이 넘었지만 우린 서로에게 연애 감정을 느껴본 적이 한 번도 없다. 노총각과 이혼녀, 히스토리가 수십 번은 있어야 할 조합이지만 너무 일찍부터 알고 지내서일까, 도무지 서로를 암컷 수컷으로 대하지 않는다. 차라리 여동생 같기도 하고 어떨 땐 누나처럼 느껴질 때도 있다. 그렇다고 해서 그녀에게 여성적인 매력이 전혀 없냐 하면 그건 절대 아니다. 그녀는 여전히 남자들에게 인기가 너무 많아서 그게 문제였다.

지난 십몇 년 동안 그녀는 회사를 두 번 옮겼는데, 두 번 모두 원인은 이혼녀란 사실 때문이었다. 이혼녀라서 부당한 대우를 받았단 얘기가 아니다. 오히려 반대였다. 남자들은 그녀가 이혼녀란 사실을 알고 나면 대놓고 들이댔다. 십중팔구 유부남이었고 하나같이 모두 직장 상사들이었다. 회식이 있는 날마다 만취가 되어서 같이 자자고 덤비는 사장부터, 선물 공세를 하는 순정파까지 부류도 가지가지였다. 기회만 되면 성추행 수준의 접촉을 시도하는 남자들도 많았단다. 그런데 당연한 스토리지만 그 많은 '쉐이'들 중에 '당신은 내 운명의 여자입니다. 이혼을 할 테니 나와 결혼해주십시오'라고 구애를 하는 진짜 남자는 단 한 명도 없었다. 말하자면 '너도 외로울 테니 나랑 엔조이하자' 뭐 그런 거였다. 이런 니#^@&*.

결국 친구는 이혼녀란 사실을 철저하게 숨길 수 있는 직장으로 이직을 했다. 연봉이 3분의 1이나 줄었고 출퇴근 시간은 30분 더 길어졌지만 상관없었다. 새 직장에서는 노처녀 행세를 했더니 신기하게도 남자들이 치근대기는커녕 전염병 환자 대하듯 슬슬 피하더라고, 이제야 좀 살 것 같다고 했다. 남자들은 정말 알다가도 모를 동물이라고 혀를 차던 그녀가 내 눈을 똑바로 쳐다보면서 말했다.

"언제든지 말만 해라. 너라면 내가 다 준다. 넌 아직 솔로

잖아. 근데 유부남은 좀 아니지 않냐. 왜들 그러냐? 처자식 생각하면 쪽팔리지도 않나?"

그녀는 주변에서 얼쩡대는 놈들 중에 딱 한 명만 찍어서 몇 번 자 줄까 하는 생각도 해봤다고 했다. 그러고 나서 부인한테 고자질을 해서 집안을 아주 박살 내줄 심산이었다고 했다. 생전 법 없이도 살 것 같았던 순진한 여자를 이렇게까지 만든 남자들은 도대체 어떤 종족일까? 물론 유난히 색을 밝히는 여자도 있다. 결혼을 했으면서도 잘생긴 남자만 보면 습관적으로 눈웃음을 흘리는 여자도 있고, 애인 하나쯤은 당연히 있어야 한다고 당당하게 말하는 사모님도 여럿 봤다. 하지만 그런 행동을 더 많이 하는 쪽은 당연히 남자들이다.

애인이 있으면서, 심지어 가정이 있으면서도 끊임없이 다른 여자들에게 눈을 돌리는 남자들은 주위에 널렸다. 그중에서도 유부남들이 관심을 보이는 여자들은 크게 두 부류다. 첫째, 내 와이프보다 젊고 예쁘고 순진한 여자를 보면 환장하는 타입이 있다. 보통 능글맞고 뻔뻔한 남자, 단순한 남자들이 이쪽을 선호한다. 둘째, '안전한 여자'를 좋아하는 남자들이 있다. 애인이 있거나 아니면 이혼한 여자, 그래서

내가 책임지지 않아도 되는, 그래서 내가 그녀의 첫 남자일 이유가 죽어도 없는 여자만 골라서 집적대는 남자들이 있다. 보통 치밀하고 소심하지만 그래도 여자를 밝히는 완벽주의자들이 이런 부류에 속한다.

* * *

권력과 재력을 모두 갖춘 완벽한 남자의 집에 가정부가 들어온다. 그런데 첫째, 그녀가 젊고 아름답고, 심지어 순진하고 착한 여자다. 그리고 둘째, 이혼녀다. 젊고 예쁘고 착하고 순진하고 게다가 이혼녀라니! 말하자면 주인공 은이는 유부남임에도 불구하고 또 다른 여자를 탐하는 세상의 모든 남자들이 선망하는 완벽한 여자다. 그러니까 임상수 감독의 영화 <하녀>는 완벽한 남자가 완벽한 불륜 상대와 외도를 하는 그런 영화다.

남자들은 왜 결혼을 했음에도 불구하고, 심지어 부인을 사랑하면서도 다른 여자를 탐하는 걸까? 남자가 원래 그런 동물이라고, 그러니까 그건 여자들이, 부인들이 이해해줄 수밖에 없는 거라고 말하는 건 치졸한 변명일 뿐이다. 지금이 원시부족사회도 아니고 인간이 날짐승도 아닌 이상, 그건 최대한 자손을 많이 번식해야 하는 수컷의 의무로 정당화될 수 없다. 21세기에 맞지 않는 논리다. 다른 설명이 필요한데, 그런데 모르겠다. 아이들이 커가면서 부인이 아이들 교육에만 관심을 보여서, 그래서 남자들이 점점 외로워지기 때문에 밖으로 나돈다는 변명도 가능하지만 그것만으로는 부족하다. 그렇게 따지면 날마다 야근에 술 접대로 고주망태가 되어서 새벽에 들어오는 남편 때문에 더 외로운 건 여자들이니까 말이다.

언젠가 어디서 주워들은 얘기가 생각난다. 왜 바람을 피웠냐고 물었더니 어떤 남자가 이렇게 대답했다고 한다.

'뒤로해보고 싶었다'고, 그런데 부인에게는 차마 그 말을 할 수 없었다고…. 어쩌면 그게 오히려 이유가 될지 모르겠다. 친구들 중에 한 달에 한 번씩 부인에게 교복을 입히고 '거사'를 치르는 친구가 있다. 정기적으로 집에서 와이프와 함께 야동을 보는 친구도 있다. 두 친구는 외도를 안 한다. 외도는커녕 다른 여자에게 눈도 안 돌린다. 그렇다면 역시 문제의 핵심은 소통 부족인가? 그런 걸까?

내게 거짓말을 해봐

"야 이 새꺄! 너 여자랑 해봤냐?"

입대한 지 석 달이 채 안 된 어리바리 신병과 둘이서 조곤조곤 수다를 떨며 보초 근무를 서고 있는데 누군가 철제 사다리를 타고 초소로 기어 올라오는 소리가 들렸다. 명색은 순찰이지만 할 일 없는 고참들이 시도 때도 없이 그렇게 초소마다 마실을 다니며 신병들을 괴롭히곤 했다. 하필이면 우리 부대에서 제일 어린 고문관, 일명 '꼴통' 상병의 머리가 쑥 올라왔다. 나보다 고참인 꼴통이 다짜고짜 신병에게 여자랑 자봤냐고 물었고 순간 신병의 얼굴이 새파랗게 질렸다. 저 상태로 3초만 지나면 꼴통의 군홧발이 녀석의 정강이를 걷어차고 있을 게 뻔했다. 그런데 그 순간, 녀석이 차렷 자세를 하더니 머리를 45도 각도로 치켜들고 우렁차게 외쳤다.

"예! 해봤씀다!"

"그래?"

꼴통이 녀석에게 바짝 다가섰다.

"어땠는데? 얘기해 봐!"

신병은 부들부들 떨면서도 당시의 상황을 설명하기 시작했고 꼴통은 신이 나서 펄쩍펄쩍 뛰었다.

"그래서 말입니다. 제가 브래지어 끈을 확 끊어버렸지 말입니다!"

"야! 이 병신아. 그걸 끊어버리면 어떡해! 풀어야지! 아무튼 잘했어잘했어. 그래서? 그래서 어떻게 됐는데?"

"그래서 제가 X&%?#@^XX 했더니 여자친구가 너무 소리를 크게 질러서 여관에서 쫓겨날 뻔했지 말입니다."

신병의 얘기가 다 끝나자 꼴통이 아쉬운 듯 입맛을 다셨다.

"캬! 요 새키 물건이네. 암튼 좋아. 보초 똑바로 서라. 알았냐?"

"예 알겠씀다!"

아직 여자의 알몸 구경도 못해본 꼴통은 신병에게 얼차려 한번 시키지 않은 채 다시 사다리를 타고 내려갔다. 잠시 후.

IGNORANT FASHION
HEROIN KIDS
HEROIN KIDS
Christian Kaiser
Ignorant Fashion

“와! 대단하다!”

“뭐가 말입니까?”

“꼭 무슨 영화나 드라마 같잖아. 너 정말 대단한 놈이었구나.”

“전부 다 거짓말이지 말입니다.”

“뭔 소리냐?”

“여자랑 안 자봤다고 하면 또 대가리 박을 거 같아서 지어낸 얘기지 말입니다.”

그랬다. 녀석은 이제 겨우 스물한 살이었고 물리학과에 다니다 1학년을 마치고 입대한 녀석도 꼴통처럼 아직 숫총각이었다. 너무나 생생해서 나조차 깜박 속아 넘어갔지만 그건 고참에게 두들겨 맞기 싫어서 녀석이 죽기 살기로, 빛의 속도로 지어낸 얘기였다. 그땐 그렇게만 생각했다.

* * *

한 번도 거짓말을 해본 적이 없단 말처럼 완전한 거짓말도 없지만, 지금까지 살면서 거짓말을 해본 적이 별로 없는 건 사실이다. 최소한 습관처럼 거짓말을 하면서 살진 않았다. 그런 내가 제일 상대하기 힘들어하는 사람은 거짓말을 잘 하는 사람이다.

거짓말에도 등급이 있다. 악의적이고 이기적인 거짓말만 있는 건 아니다. 사회생활을 하다 보면 부득이하게, 아니 반드시 거짓말을 하거나 최소한 알면서도 모르는 척 포커페이스를 유지하며 '딜'을 해야 하는 순간들이 많은데 그걸 못하겠다.

작가들도 거짓말을 한다. 소설가, 시나리오 작가들은 죄다 거짓말쟁이다. 있지도 않은 사건을 꾸며내고 등장인물에게 생명을 불어넣는 위대한 예술가들은 그렇게 창작을 한다. 하지만 달리 말하면 그들은 끊임없이 거짓말을 양산해낸다. 내가 소설가나 시나리오 작가가 아닌 칼럼니스트가 된 것도 그래서였을까? 거짓말을 잘 할수록, 보다 완벽한

거짓말을 할수록 위대한 작가가 된다. 죽기 살기로 거짓말을 해서 형벌을 피하려는 사람이 범법자라면, 세상에서 유일하게 합법적으로 거짓말을 할 수 있는 축복받은 사람들이 예술가, 작가들이다.

얼마 전에 본 영화만 해도 그렇다. 사실 수다쟁이 우디 앨런 감독의 유머에 익숙지 않아서 그의 영화들을 특별히 선호하진 않지만 주위에서 권하는 친구들이 하도 많기에 억지로 보게 된 영화가 <미드나잇 인 파리>였다.

<미드나잇 인 파리>, 놓쳤다면 두고두고 후회했을 영화다. 명색이 아방가르드 이론에 대해 논문을 쓰다 말고 학위를

포기한 나에게 예술의 황금기, '골든 타임즈'라 불리는 1920년대는 여전히 로망이고 문화와 예술의 노스탤지어로 남아 있다. 감독은 약혼자와 함께 파리를 찾은 주인공을 표현주의와 다다이즘, 초현실주의가 꽃피웠던 그 시절로 안내한다. 자정이 되면 골목길 어디선가 털털거리며 자동차 한 대가 나타나서 주인공을 태우고 천연덕스럽게 20년대 파리의 카페로 술집으로 시간여행을 한다. 그곳에 살바도르 달리가 살아있고, 헤밍웨이가 혼자서 병째 양주를 마시고 있고, 피카소와 루이 브뉘엘이 있다. 세상에 이처럼 대놓고 하는 행복한 거짓말이 또 있을까. 난 거짓말인 줄 뻔히 알면서도 스크린 속으로 빨려 들어가 20년대의 유럽을, 파리의 뒷골목을 여행한다. 논문을 쓰고 아르바이트를 하며 가난한 유학생으로 지냈던 베를린 시절도 잠시 떠올렸고 결국 그 여파로 며칠을 행복하게 앓아야만 했다.

그렇다고 모든 영화가 매번 아름다운 거짓말만 하는 건 아니다. 반전 드라마의 극치를 보여주는 <유주얼 서스펙트>를 보고 나서는 등골이 서늘했다. 바보인 줄로만 알았던 절름발이 버벌 킨트가 대서사극 수준의 거짓말을 늘어놓고 유유히 경찰서를 빠져나오던 장면은 한동안 뇌리에서 쉽게 지워지지 않았다.

거짓말에도 등급이 있다. 백 퍼센트 꾸며낸 새빨간 거짓말은 완벽하지 못하다. 그런 거짓말은 쉽게 들통이 난다. 진짜보다 더 진짜 같은 거짓말은 실제로 일어난 사건, 그럴싸한 이야기에 살을 붙이고 윤색을 할 때 완성된다. 관객들이 원하는 것도 이런 거짓말이다. 세상의 모든 극영화들이 거짓말을 한다. 관객은 푹신한 의자에 앉아서 스크린을 쳐다보며 주문을 건다. 자, 이제부터 내게 거짓말을 해봐. 하지만 웬만해서는 날 속일 수 없을 거야! 삐딱한 시선으로 스크린을 째려보던 관객들은 그러다 일순간 나처럼 세트장인 줄 뻔히 알면서도 파리의 20년대 거리 속으로 빠져들고, 거의 마지막 장면까지도 감쪽같이 속고 있다가 절름발이 버벌 킨트가 똑바로 걷는 순간 뒤통수를 얻어맞은 표정으로 영화관을 나서기도 한다.

있지도 않은 첫 경험 이야기를 늘어놓으며 위기를 모면했던 그 신병이 다시 생각난 건 그로부터 꽤 오랜 세월이 흐르고 난 뒤였다. 그사이에 난 수많은 사람들의 거짓말을 들어야 했고, 아주 가끔은 본의 아니게 거짓말을 해야만 했다.

보통 내가 가장 잘 속아 넘어간 건 7:3의 비율로, 때론 6:4의 비율로 현실과 거짓이 혼합된 경우였다. 그렇게 수백 번 수천 번을 속고 난 뒤에야 녀석이 떠올랐고 다시 의문이 생겼다. 과연 녀석은 모든 얘기를 꾸며냈던 걸까? 혹시 진짜로 경험한 일, 누군가에게 들은 얘기를 가공했던 건 아닐까? 그렇다면 어디까지가 사실이고 어느 대목에서 거짓말을 했던 걸까? 스물한 살 공학도였던 녀석은 지금쯤 엉뚱하게 소설가나 영화감독이 되어있을지도 모른다. 아니면 대기업의 중견간부가 되어서 완벽한 포커페이스로 최소한 나보단 훨씬 더 멋지게 거짓말을 하고 '딜'을 하며 살고 있을지도 모르겠다.

한번은, 빔 벤더스

책을 한 권 한 권 번역할 때마다 역자 후기에 많은 공을 들인다. 심지어 한두 쪽 분량의 역자 후기를 쓰는 데 일주일이 걸린 적도 많다.

역자 후기라는 게 원고료를 받는 작업도 아니고, 안 쓴다고 출판사에서 뭐라 하지도 않는데 이렇게까지 공을 들이는 데에는 나름의 이유가 있다.

번역가는 아직 아무도 접하지 못한 낯선 외국책을 원서로 제일 먼저 읽고 그 내용을 한글로 옮기는 작업을 하는 사람이면서 동시에 그 책의 첫 번째 한국어 독자가 된다. 심지어 한 문장을 서너 번, 때로는 수십 번 정독하면서 낯선 언어에 담겨있는 의미를 해독하고 우리말로 풀어내다 보면 당연히 그 책에 대해 가장 잘 알 수밖에 없게 된다. 저자는 아니지만 저자 못지않게 그 책에 애착을 갖게 되고 그렇게 몇 달씩 원서를 붙들고 씨름을 하다 보면 어느 순간 이게 남이 아니라 내가 쓴 책처럼 느껴질 때도 있다.

'아름다우면 진실하지 않고 진실하면 아름답지 않다'

번역가가 평생 안고 살아야 하는 딜레마를 참 냉정하고도 얄밉게 정의해주는 말이다. 낯선 언어를 우리말로 옮기다 보면 최대한 이해하기 쉽게 전달하려고 의역을 하게 되지만 그럴수록 오역의 위험성도 커지는 게 번역이다. 그렇다고 곧이곧대로 문장을 직역하면 이번에는 우리말로 도무지 무슨 말인지 알아먹을 수가 없다. 그래서 번역은 진실과 아름다움이라는 두 개의 선택지를 놓고 매 순간 고민하고 결정하고 다시 타협해야 하는 딜레마의 연속이다.

그만큼 공들여서 번역한 책이 사장되지 않도록, 가능하면 많은 독자들이 읽고 싶게 만들고 싶은 마음에, 그래서 최대한 친절하고 흥미롭게 역자 후기, 옮긴이의 말을 매번 정성을 들여서 쓴다. 지금까지 많은 책들을 번역하고 그만큼 많은 역자 후기를 써왔지만 그중에 가장 많은 공을 들였던 책 중 하나가 빔 벤더스 감독의 사진집 <한번은>이다.

* * *

빔 벤더스 감독이 직접 시나리오를 쓰고 연출한 작품 가운데 <팔레르모 슈팅>이란 영화가 있다. <베를린 천사의 시>를 필두로 그의 필모그래피를 대표하는 <파리, 텍사스> <부에나비스타 소셜 클럽> <밀리언달러 호텔>에 비하면 그리 많이 알려진 작품은 아니다.

하지만 이 책을 번역하고 난 뒤에 우연히(운명처럼!) 찾아서 본 영화 <팔레르모 슈팅>은 번역을 마치고 난 뒤에도 끝내 수수께끼로 남았던 퍼즐의 마지막 조각을 맞추는 즐거움을 나에게 선사해주었다.

성공한 사진작가 핀이 있다. 스타일리시한 올드 타이머를 타고 다니며 최고급 스튜디오에 어시스턴트도 두 명이나 있지만 인생 자체에 대한 회의, 자아의 정체성에 대한 고민을 떨쳐버리지 못하는 중년의 남자다. 그러던 어느 날 핀은 촬영차 팔레르모로 여행을 떠나게 된다. 팔레르모에서 성공적으로 촬영(슈팅)을 마친 핀은 모델과 스탭을 모두 돌려보낸 뒤 혼자서 그 도시에 남는다.

이쯤이다. 낯선 도시에 홀로 남은 주인공 핀이 'Makina 67'이라는, 이미 오래전에 단종된 중형 필름카메라 하나 달랑 메고 도시를 헤매는 장면부터 난 이 사진집이자 에세이의 저자인 빔 벤더스와 영화 속 사진작가 핀을 등치시키기 시작했다. 낯선 도시, 낯선 공간 속에서 다시는 돌아오지 않을 한순간(Once)을 카메라에 담기 위해 반사적으로 뷰파인더를 들여다보는 모습도, 때로는 카메라를 엉덩이 높이에 들고서 '감'으로 셔터를 누르는 모습도 모두 영락없이 이 책에서 사진작가 빔 벤더스가 털어놓은 자신의 이야기와 일치했기 때문이다. 여기까지 '슈팅'은 사진 찍기의 '슈팅 Shooting'이다. 하지만 그게 다가 아니다.

핀은 팔레르모에서 난데없이 누군가 쏘아대는(슈팅) 화살에 맞는 환영에 시달린다. 딱히 환영이라고만 단정 지을 수 없을 정도로 현실과 판타지가 교차하는 순간들이다. 그리고 그 와중에 눈에 보이는 것만 믿던 핀은 눈에 보이지 않는 것, 이를테면 사랑이나 죽음, 종교 같은 것만 믿는 이태리 여인을 만나게 된다….

핀의 환영 속에서 핀에게 화살을 쏘아대던 할아버지는

저승사자였다. 영화 말미에 핀과 저승사자 할아버지가 사진에 대해 토론을 벌이는 부분이 나오는데 여기서 마지막 하나의 퍼즐이 맞는다. 이 책을 번역하면서 가장 난해했던 독일어 문장, 그러니까 서문에서 '사진을 앞으로도 찍고(슈팅) 뒤로도 찍고', '총을 쏘면(슈팅) 총알은 앞으로 나가지만 총을 쏘는 사람은 그 반동을 느낀다'던 얘기들이 저승사자 할아버지와의 논쟁에 죄다 등장한다. 심지어 디지털카메라의 등장으로 사라진 '네거티브한 느낌'에 대한 얘기도 나온다. 아! 속 시원하다. 이런 얘기였구나!

원고지 매수로 300매가 채 안 되는 짧은 텍스트를 번역하면서 꽤 고민했고 많은 시간을 투자했다. 사진작가, 에세이스트 빔 벤더스의 글은 영화감독 빔 벤더스의 영화들만큼이나 난해했다. 오죽하면 내가 루카치의 <소설의 이론>처럼 머리 아픈 인문서들을 가지고 난상토론을 벌이던 대학원 시절을 다시 떠올렸을까! 빔 벤더스의 텍스트는 평범한 듯하면서도 난해했고, 투박했고, 그리고 가장 중요한 건, 진실했다.

조금 과장하자면, <베를린 천사의 시>를 만든 빔 벤더스 감독의 사진집을 번역하게 된 건 운명이었던 것 같다.

대학원 시절 베를린이란 도시를 주제로 한 소설에 대해 석사논문을 써서 졸업을 했고, 베를린을 무대로 활동했던 극작가 베르톨트 브레히트를 연구하겠다고 베를린으로 훌쩍 유학을 떠났었다. <베를린 천사의 시>에서 천사 다미엘이 위태롭게 걸터앉아 베를린 시내를 내려다보던 승전탑을 지나 100번 버스를 타고 학교에 다녔고, 8년 만에 학업을 중단하고 서울로 돌아오기 직전에 마지막으로 찾아간 전시회가 바로 빔 벤더스의 사진전이었다. 그리고 서울로 돌아와서 번역가, 북에이전트가 됐고, 몇 년 전부터 한 출판사의 대표가 빔 벤더스의 사진집을 출간하고 싶다고, 그러니 그 책 좀 찾아서 중개해달라고 의뢰를 해왔다. 이후 몇 년에

걸친 우여곡절 끝에 결국 판권계약이 성사됐고, 내친김에 번역까지 하게 됐다. 이쯤 되면 감히 운명이란 말을 써도 되지 않을까?

영화감독이 아닌 사진작가 빔 벤더스를 새롭게 만날 수 있다는 매력 말고도 이 책이 주는 또 다른 즐거움은 20세기 영화사의 비하인드 스토리를 따라가는 재미에 있다. 전체적인 흐름을 방해하지 않으려고 간단한 주석을 다는 데 그쳤지만 이 책에 등장하는 인물들의 프로필을 찾아내기 위해 수도 없이 인터넷을 뒤지면서 알아낸 사실들은 나에게도 큰 공부가 됐다. 이 책에 언급된 영화배우, 감독들의 이면에는 지금까지 내가 막연하게 알았던 그들의 겉모습과 다른 부분이 꽤 많았다. 이를테면 그저 배우로만 알고 있었던 데니스 호퍼의 인생 역정이 그랬다.

이 책을 번역하면서 내 마음을 가장 많이 사로잡았던 한 문장이 있다.

“사진에 있어서 한번이란 건, 정말로 오직 단 한 번을 의미한다.”

독일의 문예비평가 발터 벤야민은 사진 기술의 발명과 함께 무한복제가 가능해지면서 예술이 지닌 일회성, 즉 아우라가 사라졌다고 일찌감치 단언했지만 빔 벤더스는 다르게 얘기한다. 한번(Once)은 정말 단 한 번을 의미한다고. 셔터를 누르는 그 순간, ‘찰칵’하는 그 순간, ‘언젠가, 그 한번’은 고유한 거라고 말이다.

무한복제가 가능한 멀티미디어로 넘쳐나는 세상, 심지어 휴대폰으로도 동영상을 찍을 수 있는 이 시대에 사진이 아직도 존재해야 하는 이유를 이처럼 극명하게 표현해주는 말이 또 있을까?

출판사 대표의 몇 년에 걸친 집념과 끈기가 없었다면 이 귀중하고 의미 있는 책은 한국의 독자들을 만나지 못했을지도 모른다. 북에이전트, 번역가가 아니라 사진을 좋아하는 독자, 빔 벤더스 팬의 한 사람으로서 감사드린다.

그나저나, 영화 <팔레르모 슈팅>에서 주인공 핀이 들고 다니던 중형 필름카메라 'Makina 67', 양손으로 붙잡고 앞으로 툭 흔들어주면 장총처럼 렌즈가 튀어나오던 그 카메라가 자꾸 눈에 밟힌다. 요즘은 돈 주고도 구하기 힘들 텐데 대책 없는 지름신이 도졌으니, 큰일 났다.

Euro
Eintritt

좋은 영화

연극연출을 하는 친구가 새 작품을 올렸다고 해서 오랜만에 혜화동에 나갔다. 연극이 끝나고 뒤풀이 자리까지 쫓아가게 됐는데 술이 몇 잔 들어가고 나자 친구는 호탕한 목소리로 이렇게 말했다.

"오늘 연극 어땠는지 다들 허심탄회하게 한번 얘기 좀 해볼까?"

배우들과 스탭은 좀체 입을 열지 못했고 나처럼 얼떨결에 자리에 끼어든 사람 몇 명이 순서대로 입을 열었다. 배우들의 연기가 너무나 뛰어났으며 훌륭한 작품이었단 얘기가 대부분이었고 그럴 때마다 친구의 겸손한 감사멘트와 손님들의 과장된 칭찬이 주거니 받거니 이어졌다. 순서가 정해진 건 아니지만 왠지 지금쯤은 한마디 거들어야만 할 것 같은 시간이 됐을 때, 난 그저 뻔하고 형식적인 인사치레가 싫어서 이렇게 한마디 보탰다. 연기도 연출도 다 좋았다. 다만, 중반부를 넘어서면서 살짝 지루해지는 타이밍이 찾아왔는데 조금 더 지나고 결말 부분이 되자 자연스럽게 해소되더라….

연극평론가도 아닌 난 그저 주관적인 느낌을 말했을 뿐이지만 친구는 내 얘기에 과장되게 동의했다. 내 얘기가 전적으로 맞다고, 사실은 자기도 비슷한 느낌을 받았다고 했다.

거기서 끝났으면 좋았겠지만 목소리만 호탕한 친구의 속은 사실 엄청나게 좁았다. 잠시 후 친구의 화살이 나를 피해서 엉뚱한 주연 배우에게 돌아갔다.

"야! 너 요즘 미니시리즈에 출연한다며? 뭐? 레스토랑 종업원? 야 인마. 넌 이 연극의 주연배우야. 방송이 그렇게 좋냐? 그깟 단역배우로 출연하려고 툭하면 연습에 빠져? 그럴 거면 연극 때려 쳐!"

술자리 분위기는 순식간에 싸해졌고, 자리를 파할 때까지도 어색한 분위기는 결국 수습되지 않았다.

사실 내가 살짝 지루해지는 부분이 있었다고 지적한 건 친구의 작품에만 해당되는 얘기가 아니다. 내가 아는 거의

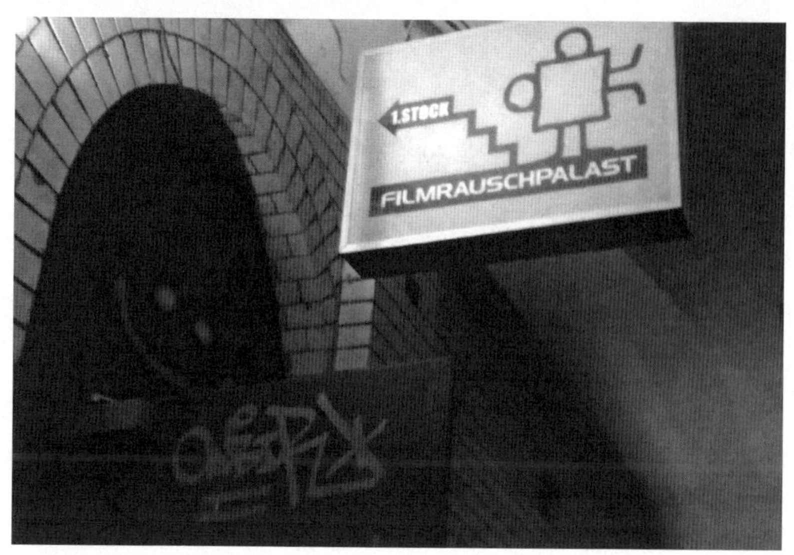

모든 연극이 그랬고 영화도 마찬가지다. 살짝 지루해지는 순간, 나도 모르게 시계를 쳐다보게 되는 시점이 찾아오지 않는 경우는 거의 없었다. 그런 순간마저 없을 때 난 그 작품을 나만의 최고작으로 분류한다.

내가 말하는 지점은 좀 더 정확히 말하면 러닝타임이 3분의 2를 통과하는 시점이다. 그쯤 되면 이야기가 조금 느슨해지면서 관객들이 긴장의 끈을 놓게 되는 순간이 찾아온다. 내 멋대로 이름 붙인 소위 '3분의 2 이론'에 따르면 좋은 영화는 이런 순간조차 허용하지 않고 관객의 시선과 마음을 사로잡는다.

<라이언 일병 구하기>도 그랬다. 무려 170분이나 되는 러닝타임에도 불구하고 이 영화가 전혀 지루하게 느껴지지 않은 건 우선 전쟁영화의 기본공식을 벗어나는 시각과 주제가 신선했기 때문이다. 일병 하나 구해서 집으로 돌려보내려고 그 많은 병사들이 전쟁통을 헤집고 다녀야 하는 상황설정이 흥미로웠고, 그래서 라이언 일병이 등장하기 전까지는 긴장의 끈을 늦출 수가 없었다.

라이언 일병은 영화의 러닝타임이 정확히 3분의 2를 통과하는 시점에 모습을 드러낸다. 진짜 주인공이 등장하면서 이야기는 새로운 탄력을 받는다. 게다가 목숨 걸고 자신을 데리러 온 그들에게 라이언 일병은 이대로 돌아갈 수 없다며 귀환을 거부한다. 영화는 3분의 2지점을 통과하면서 느슨해지는 게 아니라 클라이맥스를 향한 긴장감이 조금씩 고조되면서 더 흥미로워진다.

좋은 영화는 어떤 영화일까?

소위 '3분의 2 이론' 말고도 좋은 영화를 구분하는 나만의 기준이 몇 가지 더 있다.

첫째, 당연한 얘기지만 좋은 영화는 스토리가 탄탄하다. 그건 바로 이야기가 지니고 있는 힘이다.

둘째, 좋은 영화를 보면 웃게 된다. 코미디 영화를 보면서 배꼽 빠지게 웃는 것만 웃는 게 아니다. 비극이나 역사극, 전쟁영화라 할지라도 좋은 영화를 보면 나도 모르게 웃음이 난다. 너무 큰 감동을 받아서 허허 웃을 때도 있고, 눈물 한 방울 뚝 떨어뜨리면서도 얼굴로는 씩 미소를 지을 때도 있다. 진지한 영화에 삽입된 사소한 에피소드가 허탈한 웃음을 터뜨리게 만드는 순간도 있다.

그리고 셋째, 내가 아는 좋은 영화들은 단 하나라도 완벽하게 맘에 드는 부분이 있어서 다른 사소한 결점은 눈에 들어오지 않는다. 음악이 좋은 경우도 있고, 어느 한 장면이 너무나 강렬한 임팩트를 줘서 그것만으로 만족하게 되는 영화도 있다.

나만의 기준을 만족시켜주는 영화.

그런 좋은 영화를 보고 싶다.

그 자리에, 그 시간에

옛날 옛적에, 아쉬울 거 하나 없이 잘 먹고 잘 살던 왕이 있었다. 그런데 그 왕이 날이 갈수록 점점 더 침울해져만 갔다. 그러던 어느 날, 왕은 궁중요리사를 불러서 한 가지 미션을 던져주는데, 요약하자면 이렇다. 지금으로부터 50년 전, 왕의 아버지인 선왕이 이웃나라와 전쟁을 일으켰다가 패하고 온 가족이 야반도주를 했는데, 밤낮을 가리지 않고 도망쳐서 도달한 숲속 오두막에서 이름 모를 노파가 왕의 가족에게 산딸기 오믈렛을 만들어준 적이 있었다. 이후에도 왕은 그 맛을 평생 잊지 못하고 수소문을 했지만 결국 그 노파를 찾아내지는 못했다. 그러니까 요리사에게 주어진 미션은 왕이 50년 전에 먹었던 산딸기 오믈렛의 맛을 재현하는 거였다. 만일 성공하면 요리사는 왕의 후계자가 되어 왕국을 물려받을 수 있지만 실패하면 목숨을 내놓아야만 했다.

이 이야기는 독일의 문예비평가 발터 벤야민이 쓴 <산딸기 오믈렛>이란 글을 거칠게 요약한 것이다. 내가 이 이야기를 다시 떠올린 건 영화 <식객>의 한 장면 때문이다. 영화에서 오봉주의 보조요리사는 군대에서 졸병 시절에 먹었던 라면 맛을 잊지 못하고 그 맛을 다시 느껴보려고 온갖 방법으로 라면을 먹다 먹다 군복을 다시 입고 매를 맞은 뒤에 라면을 먹어보기도 한다. 심지어 화장실에서 라면을 먹어보기도 하지만 오봉주의 보조요리사는 결국 그 맛을 다시 느끼지 못한다.

그래서 결국 보조요리사가 알게 된 진실은 하나뿐이다. 라면을 끓이는 방법은 두 가지밖에 없다는 것. 그러니까 끓는 물에 라면을 넣고 수프를 넣거나, 아니면 수프를 먼저 넣고 라면을 나중에 넣거나. 나머지는 라면의 몫이 아니라는 사실만 깨닫고 결국 보조요리사는 그 시절 그 라면 맛을 보지 못한 채 영화는 그렇게 끝난다.

그렇다면 왕의 제안을 받은 궁중요리사는 어떻게 했을까? 산딸기 오믈렛에 관한 레시피라면 줄줄이 꿰고 있었지만 요리사는 당장 형리를 불러서 자신의 목을 베어달라고 왕에게 청한다. 그리고 마지막으로 이런 멘트를 날린다.

"폐하! 저는 죽지 않으면 안 됩니다. 폐하께서 그 당시에 드셨던 모든 재료를 제가 어떻게 마련하겠습니까. 전쟁의 위험, 쫓기는 자의 주의력, 부엌의 따뜻한 온기, 뛰어나와서 반겨주던 노파의 온정, 어찌 될지도 모르는 현재의 시간과 어두운 미래 - 이 모든 분위기를 전부 다 마련하는 건 도저히 불가능한 일입니다."

그 말을 듣고 난 왕은 아무 말 없이 선물을 가득 안겨주고 요리사를 파면시켰다고 한다.

여기서 궁중요리사가 말한 분위기, 오봉주의 보조요리사가 잊지 못한 라면 맛은 일종의 '아우라'다. 사전적으로 아우라는 "물체에서 발산되지만 보이지 않는 일종의 기"를 말하지만, 벤야민이 "가깝고도 먼 어떤 것의 찰나적인 현상"이라고 정의하면서 예술개념으로도 쓰이게 되었다. 전생에도 후생에도 다시 느낄 수 없는, 이 순간, 이 공간에서만 가능한 찰나적인 현상, 분위기. 그 무엇으로도 대체할 수 없는 그 순간의 느낌이 곧 아우라다. 생생한 공연예술의 현장에서만 느낄 수 있는 분위기 역시 벤야민이 말했던 아우라다. 그렇다면 영화는, 태생부터 이미 더 이상 아우라를 느낄 수는

없는 그런 예술형식일까? 무한복제가 가능한 시대에 수백여 개의 극장에서 동시개봉을 하는 영화는 더 이상 아우라를 느낄 수 없는 장르 예술이라고 말할 수 있을까?

공연표를 예매하고, 옷을 차려입고, 집을 나서서 극장에 가고, 작품을 감상하고, 맡겨놓은 외투를 다시 찾아서 입고 차를 타고 집으로 돌아오는 이 모든 행위를 관극행위의 일부로 보는 이론이 있다. 다시 말해서 예술작품을 감상하는 그 순간뿐만이 아니라 감상을 위해 준비를 하고 감상을 마치고 다시 일상으로 돌아오는 이 모든 과정이, 그 과정에 일어난 모든 일들이 예술작품 감상행위의 일부라는 얘기다.

우리는 누구나 각자 자기만의 영화를 본다. 영화관에 동시에 앉아있는 수백 명의 관객들 역시 모두가 자기만의 영화를 본다. 소개팅을 하고 어색한 분위기를 깨려고 함께 영화를 보고 있는 미래의 커플도, 조조할인 영화를 나 혼자 즐기는 영화광도, 모두가 나만의 영화를 본다. 그날의 기분, 그날의 상황에 따라 같은 영화를 보면서도 모두가 그렇게 다르게 느끼고 다르게 받아들인다. 누군가 옆에서 꾸벅꾸벅 조는 동안에도 다른 누군가는 같은 스크린에서 인생의 영화를 만나기도 한다. 그렇다면 벤야민이 말한 아우라는, 사진이라는 무한복제 기술이 발달하면서 일찌감치 사라진 게 아니라 여전히 세상 어디에나 편재하고 영화에도 역시 존재하는 건 아닐까?

HOW
LONG
IS NOW

내가 기억할게

엄마가 미웠다. 난 엄마의 생활패턴이 싫었다. 엄마는 밖에 나가는 걸 좋아했다. 좋아해도 너무 좋아했다. 동네 아줌마들 전부가 엄마의 친구들이었고, 날마다 이런저런 모임이 끊이질 않았다. 덕분에 난 고사리 같은 손으로 십 대가 되기도 전에 혼자 라면을 끓여서 점심을 때우는 방법을 터득했고 학교에서 돌아온 누나가 엄마 역할을 대신해주기가 일쑤였다. 그래서 어린 나이에도 마음속으로 날마다 다짐했다. 절대로 엄마 같은 사람이랑은 결혼하지 않을 거야. 난 엄마가 싫어.

대한민국에 처음 증권 바람이 불기 시작했을 때 엄마는 증권 투자자로 변신했고 그래서 더 바빠졌다. 개미 투자자였고 아직 전광판이 없어서 증권사 직원이 사다리를 밟고 올라가 한 시간마다 하얀 백묵으로 초록색 칠판에 증권시세를 고쳐 적던 시절이었다. 학교에서 엄마를 모시고 오라고 할 때마다 선생님이 물었다. 안 되는 사람은 손들어. 여기저기서 아이들이 손을 들었다. 엄마가 장사를 하십니다. 엄마가 회사에 다니십니다. 난 그러면 아무렇지 않게 이렇게 대답했다. 엄마가 증권회사에 가셔야 합니다. 증권이란 말조차 이해하지 못한 담임선생님은 매번 내게 다시 질문을 했다. 엄마가 증권회사 직원이냐?

그런 시절이었다. 남들보다 일찍 증권에 눈을 뜬 엄마는 아버지가 벌어오는 월급을 쪼개서 증권에 투자했고, 큰손이나 기관투자가들이 많지 않던 그 시절에 악어새처럼 야금야금 돈을 벌어 모았다. 지금도 기억한다. 대학입시를 앞두고 첫 번째 모의고사가 실시되던 날, 시험을 보고 새집으로 하교를 했다. 엘리베이터를 타고 10층으로 올라가자 텔레비전에서나 보던 깨끗한 현대식 아파트 거실이 날 기다리고 있었다. 새로운 세상이 열린 기분이었고 부자가 된 것 같았다. 엄마는 친구들에게도, 친척들에게도 마이다스의 손으로 통했다. 엄마의 카운슬링을 받아서 증권에 손을 대는 사람들이 하나둘씩 늘어났고, 우리 집에는 그들이 선물해 준 가전제품이 하나둘씩 늘어갔다.

아름다운 시절이었다.

엄마가 정말로 똑똑한 사람이 아니란 사실을 깨닫게 된 건 그 후로도 꽤 오랜 세월이 흐르고 나서였다. 자식들이 다 그렇지 않은가. 부모가 하는 말이면 다 옳은 줄 안다. 어렸을 땐 누구나 그렇다. 치아가 썩어가고 있는데도 어차피 새로 나올 거니까 더 썩게 내버려 뒀다 빼면 된다고 해서 죽도록 아파도 그냥 참았고, 뉴스에 야당 정치인이 나올 때마다 아버지가 빨갱이 나쁜 놈이라고 얼굴에 핏대를 세우면 그런 줄 알았다. 나중에 알고 보니 그렇게 반쯤 일부러 썩힌 내 어금니는 영구치였고, 아버지가 빨갱이 나쁜 놈이라고 브라운관에 대고 삿대질을 하던 정치인은 내가 가장 존경하는 사람이 되었다.

엄마는 똑똑하지 않았고 영리하지도 않았다. 영화 <작전>의 주인공 박용하처럼 과학적으로 치밀하게 분석하는 개미 투자자가 아니라 시대를 잘 만난 것뿐이었다. 비유하자면 백화점 문이 열리자마자 제일 먼저 뛰어 들어가서 세일

품목을 싹쓸이하는 정도로 부지런했던 것뿐이다. 증권에 눈을 떠서 재미를 보는 사람이 하나둘씩 늘기 시작할 무렵, 대한민국의 주가지수가 처음으로 천 포인트를 넘어섰다. 여기저기서 샴페인을 너무 일찍 터뜨린 것 아니냐는 우려 섞인 목소리가 새어 나왔고, 하필이면 그 무렵 34년 만에 정년퇴직을 한 아버지가 엄마 앞에 퇴직금으로 받은 목돈을 내놓았다.

이후의 얘기는, 안 해도 뻔한 스토리다. 소 팔고 논 팔아서 뒤늦게 증권에 올인했다가 재산을 탕진한 농부들은 증권사 객장 화장실에서 변기를 깨트린 조각으로 손목을 그었고 엄마는, 아버지의 퇴직금과 아파트를 날렸고 대신에 목숨을 건졌다. 언젠가 아버지가 한탄처럼 내뱉은 말을 지금도 기억한다. 차라리 재산을 지키고 감옥에 한번 다녀오라고 할 걸 그랬어….

바닥이 꺼지라고 내뱉은 아버지의 한탄이 진심이 아님을 뻔히 안다. 아버지는 죽어도 그렇게는 못할 사람이었다. 그냥 말만 그렇게 하는 사람이란 걸 잘 알았고 그건 자식들인 우리들도 마찬가지였다.

바닥을 모르는 증시 폭락과 IMF 환란으로 얼룩진 90년대를 넘어오면서 우리 가족은 몇 번의 이사를 거쳤고 꽤

오랜 세월이 흘렀고, 그렇게 간신히 빚을 청산하고 평화를 되찾았지만 엄마는 여전히 억울했다. 가족들은 엄마를 원망하지 않았지만 엄마는 너무 억울해서 단 하루도 맘 편히 잠을 이루지 못했다. 자다가도 벌떡 일어나서 "어이구!" 하며 한탄하는 소리가 밤늦게 불면증에 시달리고 있는 내 귀에 자주 와서 아프게 꽂혔다.

엄마가 그 병에 걸린 건 물론 집안 내력 탓도 있을 것이다. 외할머니 역시 그렇게 돌아가셨으니까 어쩌면 당연히 받아들여야 하는 일이었다. 하지만 엄마에게 그 병은 생각보다 일찍 찾아왔다. 외할머니처럼 꼬부랑 할머니가 채 되기도 전에 치매 증상을 보이기 시작했고 난 그게 마음속에 쌓인 억울함과 분노 때문이라고 생각했다.

엄마는 하루하루 기억을 잃어갔다. 기억하고 싶지 않은 기억을 억지로 지우려다 기억 자체를 상실한 것 같았다. 처음에는 건망증 정도로 받아들이던 가족들도 조금씩 엄마의 현실을 받아들이기 시작했고 그렇게 어느새 몇 년이 흘렀는데 신기한 건, 엄마가 자꾸만 어려지고 있단 사실이다. 엄마는 자꾸만 엄마의 엄마를 찾았다. 우리 엄마 어디 갔냐고 자꾸만 물었다. 이미 수십 년 전에 죽은 당신의 엄마를 찾고 있는 내 엄마가, 그렇게 하루하루 다시 어려지고 있었고 난 더 이상 그런 엄마를 미워할 수가 없었다.

* * *

철수는 엄마를 미워한다. 어린 시절에 자기를 버린 엄마가 죽도록 싫다. 그래서 엄마가 빚더미에 쌓여서 감옥신세를 지고 있단 걸 알면서도 외면한다.

수진은 건망증이 심하다. 툭하면 물건을 잃어버리기 일쑤다. 그런 두 사람이 운명처럼 만나서 사랑을 시작하고 결국 결혼을 하게 된다. 수진은 철수에게 이렇게 말한다. "용서는 힘든 게 아니래. 내 마음속의 방 한 칸만 내주면 되는 거래. 아빠가 그랬어." 그렇게 철수와 엄마를 화해시키지만 수진은 얼마 못 가서 알츠하이머 진단을 받는다. 조금씩 기억이 사라지면서 사랑하는 남자 철수에 대한 기억을 잃고, 오래전에 자기를 버린 유부남이 아직도 자기 애인인 줄 안다. 알츠하이머병에 걸리면 전형적으로 나타나는 증세다. 최근의 일은 기억하지 못하고 아주 오래된 과거의 일만 기억하게 된다. 그렇게 점점 더 어려지다가 결국은 어린아이가 된다.

정우성, 손예진 주연의 영화 <내 머릿속의 지우개>를 오랜만에 다시 보고 나서 한참을 울었다. 수진의 증세가 악화되자 철수가 집안 모든 물건에 포스트잇을 붙일 때에는 "보일라 버튼. 절대 건드리지 말 것" 같은 포스트잇을 집안 곳곳에 붙여놓던 내 아버지가 떠올랐고, 수진이 길 한복판에서 기억을 잃고 헤매는 장면에선 치매에 걸린 엄마가 처음으로 혼자 집을 나가서 사라졌던 날, 파출소 앞에 털썩 주저앉아서 서울 사는 자식들에게 전화를 걸던 아버지가 떠올랐고, 저러다 수진이 집을 못 찾아갈까 봐 가슴이 철렁했다.

영화 속 마지막 장면 즈음에 몰래 요양원에 들어간 수진을 철수가 결국 어렵게 찾아낸다. 그리고 두 사람이 인사를 나눈다.

"처음 뵙겠습니다."

영화 속 장면처럼 언젠간 나에게도 그런 일이 일어날 것이다. 멍한 표정으로 엄마가 날 쳐다보며 이렇게 물을지도 모른다. "누구세요?" 그러면 난 철수처럼 그렇게 말할 거다. 괜찮아, 내가 기억하면 되니까. 엄마. 내가 기억할게. 이제 엄마 머릿속에서 나쁜 기억은 다 지워졌으니까, 좋았던 기억, 그것만 내가 다 기억할게.

Rio

Information

에필로그

유학 시절 베를린에서 만난 언더그라운드 문화, 무명 예술가들의 이야기를 담은 첫 번째 책 <베를린 코드>를 낸 지도 10년이 훌쩍 더 넘었다.

베를린으로 다시 돌아온 뒤 문득문득 또 뭔가를 쓰고 싶고 기록을 남기고 싶단 욕구는 늘 있었지만 그게 쉽진 않았다. 나이 사십이 넘어 처음으로 제대로 월급이 따박따박 들어오고 기본적인 생존 문제가 해결된 대가는 줄줄이 이어지는 야근이었다. 예전처럼 가난하지만 낭만과 자유가 주어진 유학 생활과는 달라도 너무 달랐다. 퇴근만 하면 피곤했고 저녁을 챙겨 먹고 나면 티브이로만 눈이 갔다. 오랫동안 연재를 하던 잡지사 외고 하나를 베를린에서 계속 쓰겠다고 얘기하고 가져온 건 그나마 다행이었다. 한 달에 한 번,

마감일이 다가오면 아무리 야근을 하고 들어온 날이라도 다시 책상 앞에 앉았고 새벽까지 원고와 씨름을 하고 졸린 눈으로 출근을 해도 그렇게 조금씩 베를린에서 살아가는 이야기가 쌓여갔다. 영화를 주제로 자유롭게 칼럼을 쓰던 그 꼭지 하나 덕분에 어떻게든 한 달에 몇 편이라도 영화를 보다가 이거다 싶은 영화를 만나면 거기에 베를린에서 살아가는 이야기를 슬쩍 얹어서 마감을 쳐냈다. 그마저도 몇 년 뒤 잡지사가 대대적인 개편을 하면서 연재가 중단됐지만 그때까지 그렇게 원고를 이어간 덕분에 서울과 베를린에서 쓴 원고들을 추리고 묶어서 이렇게 한 권의 책이 만들어지게 되었다. 원고들을 정리하고 다시 단행본에 맞게 손을 보는 데 또 몇 년, 이제야 겨우 해묵은 이야기들을 내놓게 되었다.

그래서 이 책은 서울에서, 그리고 지금은 베를린에서 하루하루 살아가는 이야기를 일기처럼 기록하다 문득 그 순간에 떠오르는 영화 한 편을 그날의 영화로 소개하고 있는 책이다. 때로는 영화 얘기가 너무 적어서 이게 무슨 영화에 대한 책이냐 싶기도 하고, 영화기자나 영화평론가라면 언급조차 하지 않았을 영화, 딱히 수작이라 할 수 없는 영화도 있지만, 상관없다. 이 책은 여느 누구와 다르지 않은 일상을 살아가면서 삶의 어느 순간 내게 위로가 되어주고, 힘이 되어주고, 미처 알지 못했던 깨달음을 주었던 영화들에 대한 기록이고, 그래서 이 영화들은 누가 뭐라 해도 내게는 명작으로 남아있다. 그거면 됐다.

아버지의 장례식장에 근사한 스윙재즈 음악을 틀겠다던 꿈은 결국 이루지 못했다.

아버지는, 코로나19 바이러스가 가장 심하게 창궐하던 무더운 어느 여름날 외롭고 쓸쓸하게 생을 마감했고, 한국보다 코로나 상황이 훨씬 더 심각한 독일에 사는 내가 자가격리 면제 신청을 하고 비행기 예약을 하기도 전에 가족들은 조문객도 없이 서둘러서 장례를 마쳤다. 어쩌면 누군가에게 부탁을 하거나 부담을 주는 걸 죽기보다 싫어하며 소심하고 소박하게 평생 가족만 알고 살아온 당신다운 마지막이었다.

아버지보다 한 해 먼저 세상을 떠난 엄마는, 치매로 십년 넘게 어린아이처럼 역시나 이미 노쇠한 남편의 보살핌을 끝까지 받던 엄마는 결국 요양원에서 병원 중환자실로 옮긴 지 얼마 되지 않아 세상을 떠났다. 코로나19가 창궐하기 한 해 전이었다. 마침 오십이 다 된 막내아들이 이제야 결혼을 한다고, 며느리가 될 사람과 함께 독일에서 달려와

중환자실부터 찾았을 때, 이미 당신을 보살펴주는 남편조차 못 알아볼 정도로 의식도 기력도 이미 다한 엄마가 일순간 의식이 돌아와 두 사람의 손을 꼭 붙잡고 부들부들 떨면서 눈물을 흘린 건, 인간의 의학으로는 설명할 수 없는 기적이라고 밖엔 달리 할 말이 없다. 멀리서 달려온 아들의 결혼 소식을 듣고 거짓말처럼 눈물을 흘리던 엄마는 일주일 뒤 거짓말처럼 세상을 떠났다.

영화보다 영화 같은 일들은 우리 곁에서 매 순간 벌어지고 있다.

이미 너무나 오래전에 썼던 해묵은 원고까지 원플러스 원 행사처럼 덤으로 얹어서 책으로 묶어내려니 민망하고 부끄럽지만, 그래도 이렇게 밀린 숙제를 하듯 지난 시절에 마침표를 찍지 않으면 다음 이야기를 할 수 없을 것 같았다. 이야기가 2017년 어느 날 멈춰버린 건 게으른 탓이다.

미처 정리하지 못한 이야기, 그래서 다 풀어놓지 못한 이야기, 하지만 베를린이라서 가능했던 이야기들과 또 앞으로 살아가면서 겪게 될 이야기들은 다음을 기약해본다.

베를린, 2023년 1월

Outro

남자가 가장 섹시해 보일 때가 언제라고 생각하세요?

내가 아는 어떤 여자는 피아노를 칠 때래요. 하긴 〈사랑의 행로(The Fabulous Baker Boys)〉라는 영화를 보면 그 말이 이해가 가요.

이 영화에는 재즈 피아노를 연주하는 두 형제가 나와요. 병든 개를 키우고 고아나 다름없는 옆집 아이를 돌봐주며 사는 동생 잭(제프 브리지스)은 뛰어난 재즈 연주자예요. 하지만 형이 시키는 대로 허접한 호텔 라운지에서 우스꽝스런 하와이언 셔츠를 입고 The Girl from Ipanema를 연주하며 살아가죠. 해리 제임스 오케스트라와 듀크 엘링턴 악단도 구분 못하는 형 프랭크(보 브릿지스)는 31년간 동생과

환상의 듀오를 유지해왔다는 데 대한 자부심이 대단한 사람이에요.

하지만 결국 시대에 뒤처진 이들의 음악이 냉대를 받으면서 두 사람은 전직 콜걸 출신의 수지(미셸 파이퍼)를 보컬로 영입하게 돼요. 오디션을 받으러 왔던 수지가 부르는 노래 More than you know는 제인 몬하이트(Jane Monheit)의 〈Never Never Land〉라는 앨범에 수록된 곡으로 다시 들어보세요. 와인 한 잔을 하고 싶은 생각이 아마 간절해질 걸요.

사람들은 보통 수지가 그랜드 피아노 위에 서서 몸에 꼭 달라붙는 빨간 드레스를 입고 Makin' Whoopee를 부르는 장면을 가장 많이 기억하지만 내가 가장 좋아하는 장면은 따로 있어요.

'웬디스 바'에서 잭이 형 몰래 자기가 정말로 하고 싶은 음악을 연주하면서 완전히 몰입해서 '씨익' 하고 웃는 장면이에요. 물론 잭의 피아노 소리는 데이브 그루신이 연주한 걸 녹음한 거예요.

사운드트랙에는 포함되지 않았지만 수지가 데뷔무대에서 부르는 Ten Cents a Dance도 멋져요. 원래는 1920년대에 극적인 삶을 살다 간 전설적인 가수 루스 에팅(Ruth Etting)이 부른 곡인데 가사가 한 편의 처절한 시 같아요.

사운드트랙 앨범을 들을 때는 미셸 파이퍼의 고혹적인 목소리를 들으면서 군침만 흘리지 말고 '웬디스 바'에서 젊은 흑인 아이가 연주하는 밥(Bob) 재즈곡 Lullaby of Birdland에 귀를 기울여 보세요. 영화에서 아주 중요한 모티프 역할도 하거니와 연주가 일품이에요.

잭과 수지의 사랑이 서로 아슬아슬하게 스쳐 갈 때마다 배경으로 흐르는 Suzie and Jack이나 Welcome to Road 같은 곡들은 이 영화의 음악을 맡았던 데이브 그루신이 설립한 GRP 재즈 레이블 냄새가 물씬 풍기는 세련된 퓨전곡들이에요.

혹시 영화를 보게 되거든 마지막 장면을 볼 때 감정 관리를 잘 하셔야 할 거예요. 잭과 수지가 덤덤하게 헤어지는 장면에서 My funny Valentine이 흐르는데 난 그 장면이 미칠 듯이 쓸쓸하게 느껴졌거든요.

하지만 슬프지는 않았어요.

슬프지는 않은데 쓸쓸한 느낌이 드는 영화.

이 영화에 나오는 음악들도 영화랑 똑같이 생겼어요.